비로

만든

사람

비 로

만 든

사 람

© 신용목 2024

1판 1쇄 발행 2023년 6월 20일
1판 2쇄 발행 2023년 11월 8일
2판 1쇄 발행 2024년 10월 25일

지은이 신용목

책임편집 유성원
편집 김동휘 권현승
디자인 한혜진
저작권 박지영 형소진 최은진 오서영
마케팅 정민호 박치우 한민아 이민경 박진희 황승현
브랜딩 함유지 함근아 박민재 김희숙 이송이 박다솔 조다현 배진성
제작 강신은 김동욱 이순호
제작처 더블비(인쇄) 경일제책사(제본)

펴낸곳 (주)난다
펴낸이 김민정
출판등록 2016년 8월 25일 제406-2016-000108호
주소 10881 경기도 파주시 회동길 210
전자우편 nandatoogo@gmail.com **페이스북** @nandaisart **인스타그램** @nandaisart
문의전화 031-955-8865(편집) 031-955-2689(마케팅) 031-955-8855(팩스)

ISBN 979-11-94171-24-9 03810

비 로

만 든

사 람

신
용
목

시
론

ㄴㄴ〉〈ㄷㄴ

차
례

장난감

시는 어떻게
'있는' 것을 '다시 있게' 하는가?

1 /

기차가 있으면 장난감 기차가 필요하듯이 죽음이 있으면 장난감 죽음도 필요하지 않을까? 아이가 가지고 놀 수 있도록. 그 손이 영원히 자라지 않도록. 하지만 어느 날 장난감은 버려질 것이다. 자신이 무엇을 버렸는지도 모른 채 어른이 되겠지. 오직 죄는 그뿐. 이제사 모든 장난감이 그 자신인 것을 알겠고 버려지는 일이 계절의 노역임을 알겠다. 내 가을의 장난감이 겨울 눈 속에 파묻힐 뿐이라는 것도. 그리고 무심한 아침 눈밭에서 잠시, 눈사람의 키로 일어서서 바라보겠지.

2 /

돌은 장난감으로 구름을 잘못 만들었다. 하루종일 올려다보다 잃어버렸다. (돌은 오래전에 떨어진 별이었다. 아침이라는 별들의 종점에서 잠든 귀가자였다.)

인생이 커다란 장난감 통이라니!
인연이 온통 장난감 공장이라니!

아무 잘못이 없는 삶을 사는 잘못, 슬퍼할 자격이 없는 슬픔
은 이제 자연을 만들 만큼 충분히 깊고 넓고 아득하다. 잠들 수
없는 자의 잠이나 죽지 않은 자의 죽음, 죽은 자의 살아 있음이
매일 눈을 비비며 깨어나는 아침처럼 말이다.

그래서

밤새 장난감 내비게이션을 켜고 네 눈물이 닦아놓은 길을
따라 슬픔을 고르러 간다. 시간의 상점마다 불이 환하다. 어느
순간의 붉은 눈처럼 혹은 뺨처럼. 때로 보듬고 던지고 때로 부
서지고 망가졌던 날들의 마음이 있는 곳.

왜 그런가? 숱한 불면과 뒤척임과 불 꺼진 창에 걸어놓던 마

음을 생각하면 아직도 환해지는 것. 불 위에 놓인 죽처럼 몸이 끓고 검은 그을음으로 머리가 가득차는 것.

그래서

마음을 고르러 간다. 보듬고 던지고 부서지고 망가진 다음에, 이제 아무것도 필요하지 않은 시간 속으로 가기 위해서.

4 /

무덤 속에서, 시체와 함께 그가 들었던 음악과 그가 보았던 노을이 더불어 부패한다. 언젠가 그의 귓속으로 뛰어든 새소리와 그의 눈 속으로 뛰어든 날갯짓이 함께 근원으로 돌아간다. 우리는 새와 저녁과 그리하여 이 세계와 더불어 사라진다. 장난감 통 속에 함께 묻혀 있는 유년처럼. 어떤 시간은 통째 버려짐으로써 시작된다. 죽음은 성장이다. 그것은 끝없이 유급되고 있는 영혼의 학교이다.

5 /

　무엇보다도, 신은 인간을 욕망의 장난감으로 만들었을 것이다. 그 장난감의 조립도가 사랑이라면, 그 사용설명서는 슬픔일 것이다.

시인 김수영은 "욕망이여 입을 열어라/ 그 속에서 사랑을 발견하겠다"고 말했다. 욕망이 사랑의 어머니임을 직관적으로 드러내는 일은 아프로디테와 비너스의 관계만큼이나 새로울 것이 없다. 마치 신을 대신하여 그 아들을 찬양하는 것처럼, 우리는 우리를 존재하게 한 가장 아름다운 형식이 '욕망'이었음을, 그 자녀인 '사랑'의 이름으로 이야기해왔던 것. 또한 김수영이 사랑을 두고 '눈을 감았다 뜨는 기술'이라고 말했을 때, 그 욕망의 발현 방식은 '입을 여는 행위'와 겹쳐진다. '입을 여는 행위' 속에는 '눈을 감았다 뜨는 기술'이 들어 있는 것이다. '입을 여는 행위'가 다름 아닌 '말을 하는 행위'라는 데 동의한다면, '눈을 감았다 뜨는 기술'은 그 말하기가 사랑이 발아하는 인간의 자연이라는 데 가닿는다.

우주 최강의 사랑 전도사인 신이 '말씀'으로 세상을 창조하였던 것도 이와 무관하지 않을 것이다. 말하자면 우주는 사랑으로 창조되었다. 말하는 자와 듣는 자의 욕망이 만나는 장소에서 말이다. 신은 욕망을 인간의 내면에 심어놓음으로써 사랑이라는 생명이 피어나게 설계했다. 따지고 보면 에덴을 실패의 낙원으로 만든 원인도 신이 인간에게 욕망을 내장형으로 제공했기 때문이다. 그래서 먹는 '행위'는 금지할 수 있었지만 먹고 '싶음'은 금지할 수 없었다. 그 욕망을 움직이는 것 역시 '말'이다. 신이 말로 세계를 창조한 것처럼 사탄 역시 말로 욕망을 일깨운다. 신과 사탄은 '말'이라는 같은 도구를 사용함으로써 '저기 있음'과 '갖고 싶음'을 선순환 구조로 만들었다. 왜 선악과를 먹으면 눈이 밝아진다는 사탄의 예언을 신이 그대로 실현했는지에 대한 의문은 여기서 풀린다. 애초에 욕망을 설계한 신의 의지가 그런 것처럼 인간의 세계는 '말'이라는 시스템에 의해 움직이게 만들어졌던 것이다. 누군가 필요하다고 말하기 때문에 필요한 사람이 되고 누군가 그립다고 말하기 때문에 그리운 사람이 된다. 사랑을 말하는 입은 신조차도 막을 수 없다.

　마침내 말은 욕망의 몸속에 잉태된 사랑의 산파가 된다. 그
러므로 모든 사랑에는 피범벅의 얼굴로 태어나는 신생아의 모
습이 있다. 출생에 대한 모든 기쁨은 피 묻은 헝겊을 빠는 우물
가를 그 뒤에 숨기고 있다. 말과 말 사이의 여백이거나 말해진
것과 말하지 않은 사이의 간극처럼. 거기서 지워진 신의 말씀
이 신이 태어난 장소일 것이다. 그 자리에 '원래'부터 말이 있었
던 게 아니라면 '원래'부터 존재하는 신도 없었을 것이기 때문
이다. 아무것도 없는 곳. 그 텅 빈 전부의 세계 말이다.

그러나 어떤 말도 사랑 자체가 될 수는 없다. 한없이 사랑에 가까워지는 것으로서 '사랑'은 존재한다. 말은 사랑을 반복하여 제시할 뿐 사랑의 본질일 수 없다. 욕망은 그 간극을 끝없이 확인하는 눈금자이다. 다만 욕망의 크기는 단어의 숫자나 말의 길이로 이루어진 것이 아니라, 말이 품은 어긋남과 균열과 흔들림 속에서 파악될 뿐이다.

그러므로 침묵은 허락되어야 한다. 모든 것의 말인 침묵. 입 안에 까넣은 수류탄처럼 폭발하는 침묵 말이다.

그때 시가 선언한다. '부재'의 장난감이 '존재'이다. (이것은 은유가 아니다. 은유는 나와 너를, 이곳과 저곳을, 과거와 현재를, 삶과 죽음을, 우주와 우주를 연결하는 기술이다.)

그때 시가 선포한다. '시'의 장난감이 '신'이다. (이것은 은유가 아니다. 은유는 신의 존재를 말과 말 사이 간격을 통해 부재로서 드러낸다.)

술

망각 속으로 던지는
시의 그물은
무엇으로 짜는가?

1

술. 밤하늘을 돌고 있는 별들의 연료. 술이 주는 현기증, 빙빙 돌며 섞이는 세상이 없었다면 우리는 만나지 못했을 것이다. 세상은 돌아가지 못했을 것이다. 무엇도 이해되지 못했을 것이다. 마음의 장난감이라면, '술'은 어떤가?

몸속의 장기들이 녹아내린다. 녹으면서 투명해지는 나의 폐와 나의 위와 나의 내장들. 나를 투명하게 바꿔놓는 마법들.

너는 투명해진 나를 훤히 들여다보다가 기어이 눈앞에서 사라지는 나를 확인하겠지. 언제 잃어버렸는지도 모른 채 잃어버린 장난감처럼 어쩌면 세탁기 속에서 빙빙 돌면서 조금씩 사라지는 얼룩처럼

네 눈동자 속에서 끝없이 회전하며

잊히겠지. 살아 있음을 다 비추고 나면 죽음이 보이는 투명

함. 죽어 있음을 다 비추고 나면 삶이 보이는 투명함.

그것이 죽은 자에게 술을 따르는 이유.

마침내

우리는 아침의 두통을 얻는다. 모든 허무를 가려주는 두통이 없었다면 우리는 깨어나지 못했을 것이다.

그때, 우리가 투명해졌을 때 각자의 몸이 비추던 것은 결국 서로의 몸에 비친 자기 자신이었겠지만.

우리는 태어나면서 어떤 망각 속에 자신의 죽음을 묻어놓고
왔다. 자신의 몸속에 매장된 죽음을 발굴하기 전까지 우리는
영원히 방랑자이고 분실자이다. 취하는 자이다. 알코올을 곡
괭이 삼아 자기 몸을 파는 자이다. 우리가 잃은 것들은 전부 자
신의 몸속에 묻혀 있다. 기억은 생겨나면서 곧장 자신의 몸밖
으로 이주했다. 기억은 이야기의 것이다. 망각은 헤매는 자의
것이다. 길 잃은 자의 몸이다.

(아침에도 우리가 죽지 않은 이유는 만취로도 여전히 죽음의
의미를 깨닫지 못했기 때문이다. 그것이 우리에게 주어지지 않은
술의 유혹이다.)

몸은 몸과 결별한 자리를 매끄럽게 보존한다. 두개골은 망각의 강을 오래 굴러온 조약돌처럼 둥글다. 망각은 모서리가 없다. 물수제비처럼 시간을 건너뛴다.

나에게 오는 것들. 저 맥주는 폭발한 다음에 나에게 온다. 저 타일은 잘린 다음에 나에게 온다. 너는 깨진 다음에 나에게 온다.

　망각은 부재 속으로 들어가 재회의 가능성을 되살리는 청춘
의 재현이다.

　(죽음을 속이기 위해 우리는 과거의 자신을 잊는다.)

나는 불면의 밤을 지나 출근자들의 발소리가 들리는 공원 벤치에 놓인 소주병을 보고 있는 사람이다. 공원은 작고 벤치는 둘. 한 바퀴 돈다. 불면은 밤을 파괴하는 것이 아니라 밤의 영혼을 아침까지 끌고 가는 인도병일지도 모른다. 포로와 함께 지쳐가는 인도병. 한 바퀴 돈다. 공원은 작고 벤치는 둘. 내 불면은 지금 벤치를 차지한 빈병의 무게와 같다. 우리는 밤새 서로에게 다녀간 시간을 아는 것처럼 나란히 앉아 있다. 마치 밤이 있어서 필요했던 밤의 장난감처럼. 우리를 밤의 형상으로 빚어놓은 주인, 그는 아침 볕에 제 눈빛을 숨겨둔 채 사라졌다.

"안녕."

"어제 내 몸은 가득했는데 지금은 텅 비었어." 밤이 바라보는 아침의 모습이겠지. 이 텅 빈 느낌.

"넌 보는 자구나."

"그럼 넌?"

"들었지. 밤새 내 몸은 귀였거든."

가로등에서 떨어져 죽어가는 불빛들의 비명과 어두운 공원에 혼자 앉은 사람의 울음을. 등 굽은 바람을 가만히 두드려주는 푸른 잎들의 흐느낌을. 밤하늘의 울타리인 은하수를 철조망으로 쥐고 흔드느라 밤의 작고 부드러운 손이 찢어지는 소리를.

그 모든 걸 다 담느라 쨍 하고 깨져버린 아침처럼.

"안녕." 내 몸을 어둠의 칼로 잘게 다져서는 밤의 영혼, 그 굶주린 맹수에게 던져준 슬픔에게. 아침에게.

공원을 떠나도 인사는 끝나지 않는다.

나는 주취 후 블랙아웃의 장인이다. 기억을 가지지 못한 채 밤의 거리를 돌아다녔을 모습을 떠올리다보면, 심지어 새벽 해장국집에서 선지를 삼켰을 붉은 입술을 생각해보면, 좀비도 특별히 다른 존재가 아닐지도 모른다는 생각이 든다.

하지만 좀비는 술을 마시지 않는다

영혼은 없고 육체만 남은 시체를 바라보며 빈병을 떠올리지는 말자. 울고 웃고 밥을 먹고 누군가를 사랑했던, 한 시절에 대한 증거로 그의 시체를 사용하지 않는 것처럼, 빈병도 증거가 아니다. 영혼이 떠난 육체이되 여전히 제 얼굴을 간직한 그. 말하자면, 모든 죽음은 취해 잠든 좀비를 만나는 일이다.
세상에! 좀비만큼 투명한 그가 있을까?

그이지만 '그'가 아니고 '한때의 그'도 아닌 '전혀 다른 그'가 우리에게 달려오기 시작한다. 우리는…… 비명을 지르며 즐거워한다.

유령이라 부르는 것들, 육체는 없고 영혼만 남은, 사실 그들은 무섭지 않다. 어떤 물리력도 가지지 못한 그들에 대해서라면 알 만큼 안다. 그저 떠날 수 없는 그들은 두렵기보다 애처롭고 안쓰러우며 때로 애틋하다. 마치 그리움처럼. 그래서 그리움이라는 마음만큼 큰 유령은 없다. 지독한 유령은 없다. 그리움은 내 속의 유령이다.

안녕, 나의 친애하는 귀신들.

사실 자신의 몸을 떠나 언제든 어디로든 순간이동하는 영혼이야말로 우리가 자주 접하는 것들이다.

가령, 이런 경험을 통해서.

일을 하려고 자리에 앉는다. 그 일이란 대부분 채무이행에 가까운데 그 사정은 대체로 동료들과 공유하는 사정이다. 생활이라는 사정의 동료들. 노트북을 켜고 자판에 손을 얹는다. 그때 알게 된다. 머리에서부터 목을 지나 가슴과 배를 에두른 다음 다시 어깨로 올라가 팔을 따라 마침내 손가락 끝에 이르는 길만큼 오지고 긴 여정은 없다. 그래서 리모컨을 쥐거나 커피를 내린다. 괜히 책을 뒤적인다. 그러다 이런 문장을 발견하고는 벌떡 일어나 창가를 서성인다.

"우리는 귀신 들린 방일 필요가 없다. 우리는 어떤 집일 필요가 없다. 우리의 뇌에는 물질적인 공간을 능가하는 복도가 있다."(에밀리 디킨스)

자신의 존재가 갑갑해진 비밀이 열어놓은 입술로서의 창문. 그 앞을 서성이며 우리는 인생의 좁은 집과 그 집을 두드리는 외계의 기척을 듣는다. 바로 자신의 내부에서 말이다. 이 세계의 비밀. 존재라는 건축물이 자신의 설계도 속에 숨겨놓은 복도. 아니 한순간 자신을 막아선 벽이 열어주는 길고 긴 통로를 오가는 발소리를.

그리고 문득 깨닫는다. 그 통로가 다름 아닌 너와 나 사이의 긴 이야기라는 것을.

그 이야기의 시작과 끝인 그리움이 내내 그것을 증명하고 있다는 것을.

그리움이 영혼의 복도라는 것을.

그리하여 그리움은 어둡고 긴 복도를 뛰어 나에게 달려오는 너의 영혼이다. 너는 없지만 네가 느껴지는 순간의 유령. 너라는 유령.

너는 전부로서 달려온다. 한껏 투명해져서 모든 것을 녹일 만큼, 한껏 투명해져서 모든 것을 통과할 만큼.

그것은 모든 사랑이 익사 이후를 사는 이유.

술은 구름이 되지 못한다. 그렇지만 그곳에는 비가 내린다. 술잔 속에는 파도가 없다. 그렇지만 익사자의 얼굴이 있다. 아득한 풀밭 들판에 나무가 흔들리고 어느 순간 눈이 내리고 멀리서 종소리가 들리는 것.

(반짝이는 물결은 물의 상처이다. 어느 날 물은 흐르는 게 아니라 낙엽처럼 나뒹군다.)

인간의 모든 것을 인간 아닌 것이 가져가더라도, 거기 남아 있는 것. 누군가 어떤 현실을 체험하거나 그 힘에 의해 포섭될 때, 말하자면 인간이 가진 내용 전부가 이 세계에 장악당하더라도 끝내 지울 수 없는 인간의 윤곽이 있다. 캄캄한 밤 어둠이 침범하지 못하는 몸의 경계나 돌이킬 수 없는 일들의 간절함 앞에 드러나는 마음의 반경 같은 것 말이다. 그것은 메마른 세계와 인간의 기원 사이에서 얇은 막을 달고 파르르르 떨림으로써 끝내 인간의 흔적을 지킨다. 텅 빈 인간을 채워 인간의 자리를 지키는 것. 고독과 쓸쓸함과 서러움과 분노. 너무 슬프고 아파서 인간 자체인 인간의 순간을 우리는 가끔씩 술과 함께 겪을 뿐이다.

3
장

달

시가 달이라는
밤의 마개를 열고
어둠을 짜내는 방법은
무엇인가?

1 /

　달은 그리움의 병실에서 석식을 받기 위해 서둘러 켜지는
조명등이다. 그리움은 망각에 시달리는 자의 종교이다. 달은
그 예배당이다. 달은 침묵을 위해 만들어놓은 밤의 소음이다.
달빛 속에서 미분과 적분은 같은 공식이다. 시는 추락한 달들
이고 시집은 그 달들의 자전이다.

2 /

　벽에 그려진 새가 날지 못하는 것은 벽이 날개이기 때문이다. 그것은 얼굴에 앉은 흰 나비가 날개를 접었다 펴듯, 둥근 지구에 앉아 제 환상을 접었다 편다. (그것은 달빛 속에서만 가능하다. 달은 꿈과 현실의 통로이다.)

3 /

　서해에 가서 달이 물을 당기는 것을 보았다. 바다를 당기는 달을 보면 바다가 달이 던져놓은 그물이라는 것을 알게 된다. 바다에 그물을 던져 서서히 만선이 된 배. 나는 달이 가져간 것이 무엇인지 알고 있다.

　밤바다에 간 가을이었다. 그물처럼 달빛이 쏟아지던 바다였다. 그물 한쪽이 파도처럼 출렁이던 밤이었다. 나는 달이 가져간 것들의 이름을 부르기 위해 울었다. 그들의 이름은 울음을 통해서만 발음된다.

　뭉쳐놓은 울음을 보여주기 위해 얼굴은 둥글고 그 위로 달이 뜬다.

동굴 속에 그렸다고 한다. 동굴 밖의 것들을. 동굴 밖의 생활을. 낮 동안의 모든 일을 동굴 안으로 가져와야 했던 사람들. 사람들은 빛의 곡괭이를 들고 어둠을 파고들어가 삶을 새기려 했다. 어둠과 빛을 하나로 묶기 위하여. 어둠은 사라진 빛이고 빛은 사라진 어둠이라는 것을 전하기 위하여. 어둠은 태고의 빛이 남긴 자신의 기원이며, 빛은 태고의 어둠이 남긴 자신의 기원이라는 것을 말하기 위하여. 그때 우리는 불 켜진 창문 한 칸 한 칸이 모두 어둠을 파내고 들어간 동굴이란 것을 깨닫게 된다. 인간이 빛과 어둠의 고리란 것을 알게 된다. 우리가 빛과 어둠의 찰흙으로 빚어진 존재라는 것을 느끼게 된다. 우리가 무無의 구멍이라는 것을 확인하게 된다. 달이 만드는 환한 밤의 구멍이 그런 것처럼.

5 /

밤새 꿈이 내 기억 속으로 흘러들었지만 아침이면 어디서도 혼적을 찾을 수 없었다. 밤새 별빛이 떨어졌지만 어디에도 없는 아침처럼. 달빛은 청소부처럼 모든 것을 가져간다. (설령 그것이 사랑일지라도.)

가끔 낮에도 밤이 필요했다. 밤의 놀이터. 낮을 밤으로 만들기 위해 술이 필요했다. 밤의 장난감. 술 마신 낮에는 왜 인생이 끝날 것 같지 않은 기분이 드는 것일까? 밤이 끝날 것 같지 않은 밤처럼. 흰 천을 둘러쓴 달처럼.

많은 연극에 유령이 등장한다. 유령 역할을 맡은 배우는 자신의 육체를 없애야 했다. 목소리만 남겨야 했다. 흰 천을 덮어쓴 자가 유령 배역을 맡기 전이었겠지. 맥베스를 연기하는 자가 맥베스가 되어야 하는 것처럼 유령을 연기하는 자는 유령이 되어야 했다. 그 배우는 유령을 연기하기 위해 자신을 죽였다. 몸이 사라지면 목소리를 낼 수 없다는 것을 미처 깨닫지 못한 채. 그는 소리쳤지만 어떤 대사도 무대 위에 남지 않았다. 그는 움직였지만 어떤 행위도 무대 위에 남지 않았다. 하지만 관객들은 그의 목소리를 듣고 있었다. 유령이 된 배우를 생각함으로써 그들은 스스로 유령의 집이 되었다. 관객들의 생각 속에서만 가능한 연기. 죽음이 만들어낸 연기. 그는 관객들의 생각 속에서 말하고 생각 속에서 울고 생각 속에서 움직였다. 대사와 지문으로 된 세계가 펼쳐졌다. 각자의 생각을 무

대로 만든 관객들은 아무도 극장을 떠날 수 없었다. 생각 속에
서 울고 생각 속에서 웃고 생각 속에서 소스라치느라 낮과 밤
을 나누지 못했다. 그들의 삶이 모두 연극인 줄 몰랐다. 유령
이 그들의 생각인 줄 몰랐다. 생각이 바로 유령인 줄 몰랐다.

중력은 감옥이다. 중력은 가장 튼튼한 창살이다. 두개골 속에 갇힌 말처럼 우리는 지구에 갇혀 있다. 달 밖으로 흘러내리는 달빛처럼 깨지지 않고서는 흘러나오지 않는 말. 두개골처럼 열린 달.

(창밖으로 뛰어내린 불빛이 호수 위에 깨져 있다.)

달빛 속에는 있다. 옹알이하는 잠결의 아이와 뒤섞이는 연인의 숨결, 그리고 옥탑 계단에 쪼그려앉은 사람의 울음과 어느 악몽이 검은 커튼을 들춰보고 있는 누군가의 잠.

그러니

누구도 달빛 속에 서 있으면 안 된다. 그는 어둠의 점토판에 새겨진 쐐기처럼 제 운명을 슬픔으로 기록하게 될 것이다.

누구도 달빛 속에 서 있으면 안 된다. 그는 슬픔의 페이지에 갇히게 될 것이다.

(밤이 지옥의 책장을 넘기기 위해 침 묻은 손가락을 찍은 것이 달이기 때문이다. 지옥이 밤을 가져가기 위해 차곡차곡 묶어놓은 노끈이 달빛이기 때문이다.)

깊은 밤

나는 커튼 사이로 보고 있었다. 달은 능숙한 암살범처럼 조용히 제 발자국을 지붕과 지붕 너머로 옮겨 찍고 있었다. 누군가의 잠을 고요의 삽으로 파 악몽을 심어놓기 위하여. 어떤 잠이 악몽의 문을 열고 지옥에서 깨어나게 하기 위하여.

태고는 매일 반복된다. 아무렇지도 않게 자정이 지나가는 것이다. 자정의 순간에 태고에 매달린 사과 꼭지가 똑 떨어지는 것처럼. 드디어 달의 옷자락, 밤그림자가 왔던 길을 떠올려 길게 끌리기 시작한다. 우주를 박물관으로 시연하며 사라짐은 아무런 기적도 없이 모든 일을 끝낸다.

기억은 절대로 망각을 포기하지 않는다. 생명이 절대로 죽음을 포기하지 않는 것처럼. 꿈은 절대로 절망을 포기하지 않는다. 만남이 절대로 이별을 포기하지 않는 것처럼. 밤은 이런 사실들을 포기하지 않는다.

우리는 차가 끊긴 3번 국도를 걸었다. 짙은 안개 너머로 마을
의 불빛들이 하나씩 지워지고 있었다. 3번 국도를 따라 둥치에
서 뻗은 가지처럼 군데군데 길이 나고 그 끝엔 어김없이 마을
이 있었다. 쓰르라미가 우는 계절이었다. 내일 새벽 들녘의 이
슬을 깨우며 사람들은 다시 들판으로 나설 것이다. 플라타너
스 가로수는 가지를 쳐 염 끝낸 고인처럼 안개에 휩싸여 있었
다. 그때 우리가 도착한 곳은 어떤 장소도 아니었다. 그저 밤이
었고 꿈이었다. 그로부터 얼마 뒤 너는 우리나라에서 네번째로
큰 도시로 떠났다. 너는 나를 안개 속에 가로수처럼 세워두었
다. 길 위에서 필요한 게 인사가 아니란 걸 아는 사람처럼 지나
가는 밤이었다. 그러나 스위치를 올릴 때마다 그날 밤의 달이
켜진다. 안개의 작은 몸에 자신의 몸을 밀어넣느라 커다란 달
무리가 현기증처럼 떠 있는 것이다. 우리가 도착할 곳은 어떤

장소도 아닐 것이다. 그저 밤이고 꿈일 것이다. 3번 국도엔 날마다 차가 끊긴다.

　밤으로 인해 우리는 매일매일 최후의 심판대에 서게 된다. 증인석에 순서를 기다리는 별들을 앉혀두고 달은 원고 측 자리를 지킨다.

겪지 않은 일을 기억하는 일. 겪지 않은 사람을 그리워하는 일. 겪지 않은 고통으로 슬퍼하는 일. 꿈에서 일어난 일들을 기억하고, 꿈에서 만난 사람을 그리워하고, 어떤 꿈의 일 때문에 어떤 밤엔 일어나 울먹인다. 꿈에 닿기 위해서는 다만 침대가 필요할 뿐이다. 아니면 달까지 가야 한다.

**4
장**

비

시간을 멈추기 위해
시가 들고 있는 일시정지 표지판은
어디서 켜지는가?

1 /

　지구는 항상 밤을 소유한다. 매 순간 어디에선가 해가 지고
있다.
　밤은 항상 비를 소유한다. 번개가 치고 천둥이 우는 시간을
가지고 있다.

　비는 항상 창문을 소유한다. 비가 오는 순간 비로소 창문은
시작되고 마침내 창가가 시작된다. 유리창에 맺힌 빗방울은
흘러내리는 설탕 같아서 자꾸 헛바닥을 대게 만든다.

　비의 눈과
　비의 코와
　비의 뺨이

흘러간다. 빗방울에 날개를 꿰매주고 싶어서, 비 오는 날 거리는 긴 그림자를 한 폭의 물자국으로 끌고 간다. 번개를 바늘로 사용한다. 천둥을 쳐 넓게 편다. 비 오는 날 거리에는 추락한 날개들이 그득하다.

2 /

고드름과 종유석. 순간의 반짝임과 영원의 석회동굴. 하나의 계절과 하나의 세기. 가능한 분노와 불가능한 후회.

고드름과 종유석. 수없이 반복되는 추락과 미끄러짐을 순간의 빛으로 거두는 일과 영원의 어둠 속에 재우는 일.

그러나 현재 속에는 과거가 있고 과거 속에도 현재가 있다. 지금 여기에 종유석이 있는 것처럼 그때 그곳에도 고드름이 있었을 것이다. 시간 속에서 자신의 순간을 보여주는 현재와 시간 속에서 자신의 영원을 보여주는 과거가 서로를 보지 못한 채 미래라는 천장에 달라붙어 있는 것이다.

3 /

혼몽한 안개를 지피며 비가 비로서 올 때, 처마는 수평선이 된다. 비는 매 순간 수평선을 그으며 끝 아닌 것을 끝으로 만든다.

비는 숲이 아니었는데 숲이 되어가는 허공과 강이 아니었는데 강이 되어가는 바닥을 보여준다.

시간은 언제나 비와 먼지 사이에 머물러 있다. (자살이 신의 부재를 증명하는 개인의 신앙이듯 비는 과거의 실재를 부정하는 현재의 간증 같다.)

비로 인해 모든 과거는 현재가 된다. 비가 그쳤다는 소식은 지구에 망각이 잠깐 머문다는 뜻이다.

비가 오면, 아무것도 하지 않아도 될 것 같다. 아이들은 요람
에 누워 스르르르 잠이 들고 전을 부치기 위해 배추를 칼등으
로 두드려 숨을 죽인다. 곧 기름 냄새가 빗소리 속으로 퍼져갈
것이다. 농부들도 인부들도 일을 놓는 날. 노동까지 생각한 거
창한 이유는 아니다. 그러나 비 오는 날만큼은 게으름이 부끄
럽거나 반성할 일이 아니어도 되겠다는 생각. 비는 나를 아래
로 끝없이 끌어당기는 듯한 느낌을 준다. 기어이 바닥까지 가
는 일을 허락받은 기분이 든다.

5 /

비는 매번 '다른 얼굴'을 하고 오는 것처럼 보이지만, 대체로 하나의 '알 수 없는 얼굴'을 하고 그 자리에 있다.

(비와 통성명하기 위해서는 우산 아래서 눈물을 흘려야 한다.)

6 /

휘젓는 동안 찌개는 찌개가 된다. 쑥갓은 찌개가 된다. 소라
는 찌개가 된다. 점점 끓어오르다가 어느 순간 열어보면 뭉게
구름. 냄비에 담겨 있는 것들의 정체는 무엇일까? 뜨거워지기
이전과 뜨거워진 다음의 우리는 무엇일까? 지붕을 끓이는 것
이 비인지 피인지 알 수 없는 순간은 끼니때처럼 찾아온다.

7

비의 숲에서 누군가 걸어나온다. 눈을 뭉쳐 눈사람을 만들 듯 비로 만든 사람이 있어서, 나무를 깎아 인형을 만들듯 비로 깎은 사람이 있어서, 진흙을 빚듯 물로 빚은 사람.

다 만들었는데 과거를 잘못 꿰매 지금 내 앞에 있는 사람. 다 만든 줄 알았는데 미래를 달지 못해 지금 내 앞에 없는 사람.

우리는 어디선가 본 듯하다. 국숫집이었을까? 비를 말아먹는 곳. 어쩌면 가로등의 입김이 식어가는 어귀의 담장 아래서

물었던 것 같다, 무엇이 우리를 여기다 길어다놓았을까?

알고 보면 나무는 느리게 뿜어져오르는 분수대이고, 알고 보면 집들은 찰방이는 웅덩이이고, 알고 보면 사람은 물을 미래로 옮겨가는 물주머니이고, 내 심장을 열고 빨간 물감을 타 휘휘 저어놓은

슬픔을 이기려고

눈은 빨간 핏물을 걸러 맑은 눈물을 흘려보내는 풍경의 거름종이인데.

물었던 것 같다, 무엇이 우리에게 간격을 주었을까? 세상의 모든 시계에서 빠져버린 시곗바늘처럼 떨어지는

비처럼

무엇이 우리를 한 방울씩 떨어지게 하는 것일까? 가로수처럼 띄엄띄엄 서서 우리를 먼 곳으로 이끄는 것일까?

(우리는 하나의 형상을 다른 각도에서 그리는 견습생인지도 모른다. 우리는 각자 다른 각도에서 그려놓은 그림인지도 모른다. 그리움인지도 모른다. 그리기는 마치 물을 태워 재를 만드는 일 같아서 밤을 지새도 끝나지 않는다.)

8

비의 숲에서 누군가 걸어나온다. 비로 만든 사람. 투명한 사람. 우리는 서로에 대해 물었던 것 같다.

비로 만든 사람. 너는 투명해서, 네 앞에 서면 내가 비친다. 네 속에는 온통 내가 들어 있다. 내 몸에 꼭 맞는 네가 있다.

입체거울처럼

거기 나를 꼭 닮은 사람이 투명하게 서 있다.

비로 만든 사람,

너는 내 몸에 꼭 맞는 입체거울로 서 있다.

9

나는 음악을 거울에 비춰보고 싶다. 나는 고백을 거울에 비춰보고 싶다.

물로 된 사람.

나는 너를 집으로 데려가 어항에 눕힐 것이다. 너의 침대가 어항이라면 너의 숨은 어항에 뿌려준 먹이처럼 천천히 바닥으로 떨어지겠지. 네 꿈속에서는 날마다 금붕어가 죽어나가고, 내 손이 닿을 때마다 너는 화상을 입고, 어느 날 식탁 위에 살을 다 발라낸 뼈가 꼭 물속에 뛰어든 형광등처럼 누워 있겠지.

물로 된 사람.

너를 안으면 꿈의 바닥까지 잠길 것이다. 춤을 춘다면 꿈의 끝까지 흘러갈 것이다. 너와 잠들면, 나는 익사체로 건져질 것

이다. 드디어 슬픔은 물 얼룩처럼 나를 남긴 채 멀리 사라질 것
이다.

갑자기 화재경보기가 울리는 복도처럼 세상의 모든 문이 열
릴 것이다.

10 /

그러나 비는 장소를 만드는 게 아니라 그 장소의 현기증일 뿐이다. 비는 장소의 범람일 뿐이다. 목소리일 뿐이다.

자기 옆에 자기를 세우고 자기 뒤에 자기를 세워 찰나의 순간을 빗소리의 감옥에 가두는 것이다.

자신 이전과 자신 이후로 사라지며 순간을 존재하게 만드는 것이다.

64

전화벨처럼 날씨가 시작되고 "여보세요" 말하는 사람이 등
장하는 것이다.

"비가 와" 말하는 사람이 등장하는 것이다. 말로 된 사람. 입
체 슬픔처럼.

(세상의 전화기들은 전염병을 앓고 있다. 그것들은 모두의 손
안에 있다.)

12 /

누군가 그를 부른다. 목소리가 빗소리를 닮을 수 없어 인간은 말을 배웠을 것이다.

그리고 이야기를 시작했을 것이다.

목소리가 번개 같아서 찔렸을 것이다. 그래서 고백을 배웠을 것이다. 목소리가 천둥 같아서 아팠을 것이다. 그래서 침묵을 배웠을 것이다.

누군가 나를 부른다는 것은 내가 그에게 젖는다는 말이다. 내가 여전히 아픈 이유는 네 목소리가 아직 마르지 않았기 때문이다.

비를 맞는 일은 우리가 사는 세계의 법칙에서 벗어나 슬픔이 만들어낸 자연의 중력 속으로 들어가는 일이며, 인생은 다만 대야에 담긴 그 자연에 손을 담그고 속옷을 빠는 일 속에서만 이유를 가질지도 모른다.

　비 오는 날 음악은 자신의 동족이 슬픔임을 애써 밝히는 자
백에 가까워진다.

몸

몸이 마음의 포로라면,
시는 사랑의 전쟁터인가?

1 /

인류는 유통기한이 지났다. 인간은 만료된 인간성을 욕망의 용기에 담아 다음 세대로 이송한다. 집과 땅과 잔고와 권력과 위세에 담아. 그래서 인간의 영혼은 그것들의 상실과 함께 도래한다. 그 영혼은 무너지고 갈라지고 쓰러지고 다치고 피 흘리는 자리에서 죽음과 함께 발견된다. 그 외에 어떤 고백도 사랑이 아니다.

가장 '깊게' 무너지고 갈라지고 쓰러지고 다치고 피 흘리기 위해 연인이 있다. 가장 '먼저' 무너지고 갈라지고 쓰러지고 다치고 피 흘리기 위해 가족이 있다.

2 /

왜 우리는 한 명의 어머니를 돌려가며 사용했을까?

  사랑 앞에 서 있는 한 우리는 그런 존재이다. 아무리 촘촘한 그물을 던져도 구멍으로 빠져나가는 모래알처럼 실수와 실패를 거듭하는 존재. 그것은 고통이면서 절망이지만, 유독 고통과 절망만을 그리워하는 존재. 구멍이 아니면 끌어올릴 수 없는 그물처럼, 어쩌면 사랑일 수도 있는 존재.

4

너에게 쓴 편지를 전달하기 위해 첫번째 배달부가 돌아오지 않고 두번째 배달부가 돌아오지 않고, 실종의 시간을 지나 빈 관을 묻는 장례식에서 나는 기도를 한다. 그러나 그 기도는 육신을 향하지 않는다. 육신은 흙으로 돌아갈 뿐이다. 사라질 뿐이다. 없었으며 없어질 것으로서의 몸. 그럼에도 불구하고 육신의 죽음만큼은 모든 불가능성을 소거하는 정확한 가능성이다.

(반면 우리는 영혼이 태어나기 전에도, 죽고 난 후에도 존재한다고 믿는다. 그것이 영혼이 감당해야 할 불행이다. 영원은 감옥이다.)

5 /

태어나면서 나는 살인을 배웠다. 나는 그들에게 아버지라
는 어머니라는 형제자매라는 죽음을 주고 그들의 몸을 빼앗
았다.

내가 그들을 죽이지 않았다면, 인생이라는 이 기나긴 형벌
속에 놓여 있을 리 없을 테니까. 유령의 아버지, 유령의 어머
니, 유령의 형제자매들이 복수를 위해 나를 에워싸고 있다.

나는 태풍과 해일과 지진과 전쟁, 그 모든 재난이 나의 가족
이라는 것을 안다. 가족들에게, 태풍과 해일과 지진과 전쟁이
나라는 것을 안다.

내가 모르는 곳에서 그들이 끝없이 나를 낳고 있고 그들이
모르는 곳에서 내가 끝없이 그들을 죽이고 있다.

그들이 결국 연인으로 돌아온다는 것을 안다.

나는 세상의 한 장면을 찢으며 있다. 내가 없었으면 둥글게 봉해졌을 울음들. 내가 없었으면 영원히 살아 있었을 침묵들.

어머니의 말을 알아듣기 전 아기의 육체는 사랑의 인질이다.

그때 들었던 말이 사랑에 관한 말이었다면 우리는 미움의 포로로 성장할 것이다. 사랑받기 위하여 미움의 보초병을 세워 스스로를 감시할 것이다.

그때 들었던 말이 증오에 관한 말이었다면 우리는 이별의 포로로 성장할 것이다. 증오하기 위하여 이별의 수색대를 보내 스스로를 섬멸할 것이다.

어머니의 말을 알아듣기 전 우리가 처음 발견한 것은 자기 자신의 육체였다. 알아들을 수 없는 말을 듣고 있는 몸. 키스의 그것처럼 알 수 없는 서걱거림을 가진 몸. 섹스의 그것처럼 알 수 없는 버둥거림을 가진 몸. 불안과 상실의 예감으로 가득 찬 그 헤매임이 우리가 가진 첫번째 언어였다.

(어머니의 말을 알아듣게 된 후 아기의 육체는 언어의 인질이 된다. 금지와 금지와 금지의 말 속에 갇히는 것이다.)

도무지 알 수 없는 이야기 속에서 우리는 만난다. 그것이 사랑인지 증오인지 모른다. 하지만 미움과 이별로 남는다.

7 /

에덴에서 쫓겨난 아담과 하와는 집을 지었다. 그리고 에덴을 향해 창을 냈다.

왜 우체부는 초인종을 누르지 않는 것일까? 자전거를 타고 먼 고개를 돌아오지 않는 것일까? 대를 거듭하여 이름을 바꿔가며 그들은 창문을 닦았다.

그곳을 지옥으로 만들지 않고서는 그들은 그곳을 벗어날 수 없었을 것이다. 우리가 이 세계를 지옥으로 인식하지 않는 한 이 세계를 떠날 수 없는 것처럼. 기꺼이 안녕! 이별하기 위하여 인생은 고통스럽다.

(천국은 다리 잘린 곳이다. 누구도 떠나기 싫은 곳. 아무도 떠날 수 없는 곳.)

창을 닦는 일은 우리가 그리움의 설계도를 가졌다는 증거이다. 오래 창문 너머를 바라보는 것. 차라리 창문 자체가 되는 것.

그리고 보게 된다.

세계에는 빛과 어둠의 불균질성이 있고 그 조도의 차이에 따라 그들은 자신의 얼굴과 마주하게 된다. 창문이라는 극장에 자신의 모습이 상영되는 아이러니. 이 역설적인 전위는 거절되는 일이 없어서 자신이 살고 있는 이곳을 먼 곳의 환영으로 만든다. 떠나온 곳으로 만든다.

우리는 자기 자신의 관객일 수밖에 없다. 자기혐오는 창문을 닦다가 우연히 마주친 자기 자신으로부터 시작된다. 자기혐오는 창문을 깨뜨리기 위해 집어든 돌멩이다. 자신의 무대는 혐오의 투석장이다. 매번 갈아끼우는 유리처럼 무대와 객석이 계절처럼 바뀌는 동안, 그러나 극장은 무너지지 않는다. 인간을 위한 비극은 여기서 유래했다.

(신을 위한 비극은 그리스에서 유래한다. 그리스 극장들은 모두 붕괴되었다.)

삶을 유인하는 일은 간단하다. 벌거벗은 인간의 수치심을 가리기 위해 신은 연인의 이름을 가족의 이름으로 전환한다. 신생아의 울음 속에는 9개월 전 자신을 만들던 밤의 신음이 이제는 사라진 사랑과 뒤섞여 있다. 그로부터 벌거벗은 자들의 기억은 최초로 자유를 얻는다. 제 몸의 수치심을 벗고 오직 삶 앞에서 울 수 있는 자유.

(말하자면 그것은 연인을 잃어버릴 자유이자 에로스적 사랑의 종말을 목도하는 자유이다.)

왜 '운명' 속에서 모든 것은 삶 이전이 되고 마는 것일까? 매
번 '처음'을 창조하는 절실한 '오늘'에 대해 말하는 일은 쉬울
것이다. 그러나 '오늘을 즐겨라Carpe Diem'라는 말이 진부한 만
큼, '오늘'이 아니고서는 증명되지 않는 의미를 따라가는 것은,
시간이 가진 협곡을 무너뜨리고 만다. 그래서 저 질문은 이제
간단한가? 시작되는 순간, 각자의 태몽을 안고 태어난 몸은 물
방울처럼 잘게 쪼개진 채 매 순간 다른 운명을 가지고 튀어오
른다.

사랑은 한때 인간이었던 것들의 유적이다. 사랑하는 자들의
몸은 유적지이다. 우리는 그것을 반복하여 기념할 뿐이다.

6
장

가을

/

다섯번째 계절을 말하기 위해
시는 겨울 다음에 있는가,
여름 다음에 있는가?

1

　　내가 가지고 놀던 장난감이 이제 나를 가지고 놀고 있다면, 어느 날 '놀이' 속에 나를 던져두고 혼자서 '놀이' 밖으로 나가버린다면, 나는 영원히 돌고 있는 행성을 타고 뿌연 창으로 우주의 점멸을 헤아리고 있을 것이다. 유년의 작은 방에 여전히 기차가 돌고 있는 것처럼. 거기 나를 키운 기관사가 타고 있는 것처럼. 늙은 역원이 깃발을 들고 건널목을 지키는 것처럼.

2 /

　가을이 왔다. 바람이 나무를 스친다. 짐승의 몸에서 쏟아지
는 피처럼 붉은 잎들이 쏟아져내린다. 총상인지 자상인지 알
수 없다.

　아무도 나무가 살해된 줄 모른다. 아무도 공원이 사냥터인
줄 모른다. 언제나 그렇지만 신들은 알리바이가 없다.

　(소꿉놀이를 끝내고 신들은 밥을 먹으러 각자의 집으로 돌아갔
다. 놀이터는 도마 위에 그대로 남겨진 고깃덩이처럼 있다. 가을
은 고기를 썬 칼을 닦지도 않은 채 서쪽 하늘에 꽂아두었다. 상해
가는 것들만이 냄새를 풍긴다.)

3 /

　가을이 오고, 내 마음은 나와 조금 떨어진 곳에 머물러 있다. 고통이 내게서 조금 떨어진 곳에서 느껴지는 것이다. 허공의 그림자처럼 무중력의 궤도에서 내 주위를 맴도는 것이다. 입체거울 속에 비친 내가 불쑥 내게 손을 내미는 것처럼, 투명한 공기가 꼭 내 모습으로 뭉쳐진 채 내 옆에 있다.

　아니 멈춰진 존재. 몸의 변화와 마음의 변덕 옆에서 모든 시간을 비껴보내며 절대적인 한순간을 지키고 있는 존재. 멈춰 있음으로써 우리의 시간 속으로 끝없이 귀환하는 존재. 피가 다 빠져나간 혈관을 귓속말로 가득 채운 채 제 심장을 속삭이는 입술로 열어놓은 존재. 그리고 결정적인 순간에 사라지는 존재. 빈 벤치와 뒹구는 봉지와 누군가 버리고 떠난 그림자가 어둠에 휩쓸리는 광경으로 남는 존재.

그때 '나'라는 존재가 내가 보았던 것들의 마음일지도 모른다는 느낌을 갖게 된다. 나는 내가 바라보는 낙엽의 마음이자 노을의 마음이라는 것. 내 정직한 감각이 그곳으로부터 나왔다면, 정말 내 눈앞의 사물들은 자신들의 마음을 자기 바깥에 서서 그것을 바라보는 나라는 인간으로 꺼내놓고 있는지도 모른다. 인간은, 사물의 마음으로 이 세계에 존재하는 것이다. 내가 낙엽을 보면서 아프고 노을을 보면서 슬픈 이유. 끝없이 생겨나고 떠돌고 마침내 희미하게 사라지는 그 마음으로서의 인간 말이다.

(나는 이러한 세계의 연결에서부터 저 연대의 정치성이 시작되어야 한다는 믿음이 있다. 이 말은 인간이 하나의 실체로서 그곳에 존재하는 게 아니라 인간 역시 하나의 현상으로 이곳과 관계한다는 뜻이기도 할 것이다.)

때문에 끝없이 중력을 잃어야 하고, 날마다 계절을 놓쳐야 한다. 혼란과 혼돈, 이격과 분리를 위해서가 아니라 바로 그 중력과 계절이 있다는 것을 제대로 느끼기 위해서…… 자신이라서 자신의 위치에 당연히 놓여 있는 게 아니며, 옳은 일이라서 옳은 행동으로 당연히 통용되는 것이 아니며, 인간이라서 인간의 것을 당연히 차지하는 게 아니라는 것을 체감하기 위해서…… 말하자면 튀어오른 공처럼 사랑을 잃어야 하고, 지지 않은 잎을 달고 겨울 복판에서 푸르게 떠는 나무를 보아야 한다.

그때 세계는 아무리 화려한 수사를 부려도 다 그려낼 수 없는 바깥을 가지고 있고 동시에 어떤 수사도 쓸모없는 것으로 만들며 유일한 이름 속에 갇히기도 한다. 모든 의미를 다 동원

하고도 그 의미를 뚫고 나와 하나의 단어 속으로 곤두박질치곤 한다. 나를 묶고 있는 이 세계의 포승줄을 아무리 휘젓고 후려쳐도 결국 '개'라는 단 하나의 단어로밖에 표현할 수 없는 때가 있는 것처럼, 아무리 지우고 돌아서려 해도 그 순간을 날카롭게 긋고 가는 것을 결국 '비'라는 단 한 자로 쓸 수밖에 없는 것처럼, 알 수 없는 핏줄로 가득 번져 있는 이 세계의 허공을 망연자실 쳐다볼 수밖에 없는 일 말이다.

(내가 바라본 사물과 내가 맞이한 시간. 내가 나를 속이지 않고 얻을 수 있는 유일한 진실은 내 몸을 통해 보고 듣고 만지고 그리하여 함께 낡아가고 무너지며 끝내 사라지는 것들뿐이다.)

6

우리는 9시가 넘어서 이자카야에 들어섰다. 언제부터 저녁 뉴스가 8시부터 시작했는지 모르겠다. 나는 어린이가 잠들어야 하는 9시에 뉴스가 시작하던 시절 이후 저녁 뉴스를 본 기억이 없다. 말하자면 이제 9시는 세상의 뉴스가 모두 끝난 시간이다.

좁은 거리로 난 창가엔 젊은이 셋이 서로에게 신이 난 얼굴로 떠들고 있었다. 그 뒷자리에 앉을 수 없었다. 저녁 뉴스를 보지 않아도 우리는 신나지 않았으니까. 아마도 신이 난 표정의 우리는 다른 세계에 살고 있을 것이다. 여기서는, 그 표정을 다른 사람이 살아가고 있는 것이다. 여기서는, 그들의 절망을 우리가 살아가고 있는 것이다. 괜찮다. 다른 세계에서 저 젊은이들이 우리의 절망을 살고 있을 테니까.

"얼마 만이지?"

목소리는 우연히 떨어진 낙엽이 어둡고 찬 우물에 떠 있듯이 술잔 속에 떠 있었다. 시간을 타놓은 것처럼 입에 썼다.

"기억나? 생선을 뒤집어야 한다, 뒤집으면 안 된다 싸우다가 결국 다 태웠던 거."

"너 손등 데었잖아!"

나는 괜히 젊은 점원이 내온 참치 다타키를 앞뒤로 뒤적였다. 침몰한 배의 갑판 위에 서 있는 것처럼, 젓가락을 접시 위에 세워서는 걷는 모양을 흉내냈다. 어떤 순간으로부터 벗어나기 위해 탈출을 모의하는 수감자들의 마른 다리 같았다.

"흉터 안 남았지?"

그때부터 나는 화상에 관하여는 외상과 내상을 구분하지 못한다. 다만 뜨거움이 만드는 문, 불의 문 뒤에는 인생의 어떤 값으로도 살 수 없는 지독한 바깥이 있다는 걸 알았다. 이승을 슬쩍 엿본 저승의 손, 그 죽음의 밀사가 파놓은 시간의 함정 같은 것 말이다.

그때부터 기억의 군대를 일으켜 망각과 전쟁을 벌이는 용병의 나라, 날마다 생을 점령해가는 나라의 삐라들이 우수수수 낙엽처럼 지고 있는 것이다. 그 손으로는 누구와도 악수할 수 없었다.

　가을이었다. 계절의 고문 앞에서 쉽사리 인생의 기밀을 누설할 것 같은 날이었다. 상처에서 진액이 흘러나오듯 모든 비밀을 소문 위에 올려놓을 것 같은 계절이었다. 가을마다 나는 부상당한 포로처럼 쓸모가 없었다.

　"흉터는 무슨."

　그렇게 답했다.

　우리집 감나무는 여름 태풍이 다 지나간 가을, 마당에서 쓰러졌다. 바람을 견뎠지만 가뭄을 견디지 못하고 죽은 나무.

　나는 네 눈망울을 보았다. 미세하게 흔들리더니 이내 갈라지며 붉은 금으로 번져가는 계절을 보았다. 눈감아주기를. 와장창 깨지기 전에, 깨져서 거기 텅 빈 들판의 그루터기가 비치기 전에 문을 닫아주기를 바랐던 것 같다.

7 /

조명은 조명에서 쏟아지는 빛보다 못하다. 몸은 몸에 담긴 공허보다 못하다. 어떤 진실도 거짓보다 분명하지 못하다.

진실은 늘 거기 있지만 거짓은 떠돌기 때문이다. 진실이 그만큼일 때 거짓은 넘치기 때문이다.

그러나 조명을 깨면 빛은 사라지고 몸이 사라지면 공허도 사라진다. 진실을 죽인 거짓은 제 주인의 얼굴에 살인자의 입술을 그려놓고 사라진다. 빛의 비석이 어둠이라면, 허무의 비석이 망각이라면, 거짓의 비석은 제 얼굴을 향해 날아오는 한낮의 돌멩이이다.

8 /

　바람이 불면 창밖으로 기억의 정어리떼가 지나간다. 버드나
무는 어장이었다. 가을 어딘가에 상류라고 불리는 곳이 있을
것이다.

　오래 생각했다. 이 순간과 순간 속에 깃든 세계, 어떤 회피와 그에 도사린 비겁까지…… 내 앞에 정직하게 놓여 있는 작은 것들 속에 깃든 비애가 그것을 대신하였고, 내가 포기하지 못한 욕망에 질질 끌리는 사랑이 그 자리를 메웠다. 내가 출발할 수 있는 자리는 그곳이었으며 내가 도착할 수 있는 자리 또한 그곳이라는 것을 알았다. 한치도 내 생활의 바깥으로 나갈 수 없는 나. 그것 말고는 아무것도 진실이 아닌 시간이 지나갔다.

　기원에 다다르기 위해서는 그 기원까지 이어진 육체가 있어야 하고, 사랑을 말하기 위해서는 사랑이 남긴 장소가 있어야 하며, 누군가를 그리워하기 위해서는 그와의 결별이 그와의 기억보다 커야 한다. 나는 가을을 가지고 있다. 육체가 있고 장소가 있고 결별이 있다.

　우리는 조명등이 가을처럼 붉은 잎을 뚝뚝 떨어뜨리는 이자카야에 앉아 있었다. 아니, 얇게 저민 살점들. 피를 뒤집어쓴 네 얼굴을 보고 있었다. 네가 투명해지기 시작했다. 슬픔이 너의 몸을 만들어냈고 그 안에서 네가 살고 있었다.

7
장

비밀

어떤 비밀을 잠그고 있어서
시의 침묵은 천둥보다 더 큰가?

1 /

처음 말을 배울 때가 기억나지 않는다. 처음 말을 배우는 사람처럼 쓰고 싶은데. 처음 눈을 봤을 때도 기억나지 않는다. 처음 눈을 본 사람처럼 놀라고 싶은데. 처음 배운 말과 처음 본 눈. 그때 나는 아, 하고 말했을 것이다. 최초의 모국어는 모음이었겠지. 사람들은 모음으로 웃고 모음으로 운다. 울음은 꼭 모국어 같다. 한동안 나는 태아의 꿈이 궁금했다. 아직 살아보지 못한 자의 기억 속에서 꿈은 무슨 형상을 하고 있을까? 나에게 일어난 알 수 없는 일들을 알 수 없는 채로 말하기 위해 아이는 우는지도 모른다. 아직 듣기 이전의 소리와 아직 말하기 이전의 마음을 간직한 모국어로 우는지도 모른다. 모국어가 없었다면 아무도 울 수 없었을지도 모른다. 울지 않았다면 아무도 깨지지 않았을지도 모른다. 아무도 새지 않았을 것이다. 모음은 액체 같다. 얼굴은 항아리 같다. 캄캄할 것이다. 출렁일 것이다. 그러나 깨진 조각들을 이어붙인 항아리. 물을 부으면 금방 우는 얼굴이 되는 항아리. 항아리에 대고 아, 하고 말하면 항아리 밖으로 새어나오는 액체의 말,

그것은 비밀이다.

태아의 꿈에는 어떤 사람이 등장할까? 궁금한 것처럼, 태아의 꿈에선 어떤 사건이 벌어질까? 궁금한 것처럼,

그것은 비밀이다.

가령,

시는 마음이, 기억이, 기쁨과 쓸쓸함과 절망이 일상의 하찮은 부산물이 아니라 세계의 중요한 구성물임을 증명하는 과정이라고, 슬픔과 분노와 고통을 질병으로 분류하려는 세계에 끝없이 저항하면서 역사를 일상으로 기록하는 일이라고,

했던 말은,

시를 비밀에 부친다는 말이었다.

2 /

그러나 가장 큰 비밀은, 비밀이 없다는 비밀—눈물 속에는 아무 말도 없다. 울음 속에는 아무 말도 없다.

비밀 속에는 비밀이 없고, 시 속에는 시가 없다.

8
장

고독

/

모든 이름이 고독에 입혀놓은
무대의상이라면
시는 어떻게 그 단추를 푸는가?

1 /

　우리는 모두 시간의 자영업자이다. 시간은 개인 경작으로만 생산된다. 누구와도 동업할 수 없다. 시간 위에 던져지는 모든 발화는 자기 고백 이외의 다른 청자를 갖지 못한다. 말하자면, 그것은 타자라는 경매장에서 언제나 제값을 받지 못한다. 그때 잃은 차액은 가상의 개인 금고에 마이너스로 축적될 뿐이다. (그것을 무의식이라고 말하기도 한다. 무의식이 말해질 수 없는 이유는—플러스인 의식과 달리—그것이 마이너스이기 때문이다.) 고독은 그 손실을 기록한 비밀 장부이다.

　말하자면, 고독은 말해질 수 없는 시간의 흔적이다. 고독은 개인 금고가 수장된 바다에서 출렁이는 영혼의 파도이다.

　(그 금고를 열기 위해 고래는 육지에서 다시 바다로 돌아갔다. 그 회귀가 어떤 시간이었는지 어떤 포유류도 알 수 없을 것이다.

고래의 시간만이 단독자의 시간이다.)

2 /

　문득 이런 문장이 떠올랐다. "시는, 쓰이는 모든 것들에 주어진 가장 고독한 이름이다."

존재는 규정되지 않고 다만 전개될 뿐이므로, 무엇도 그 실체를 드러내지 않을 것이다. 그럼에도 불구하고 삶에 대한 물음을 잃어버린 자가 결국 '사는 기계'로 남는 것처럼, 사랑에 대한 물음을 잃어버린 사랑이 그저 '습관'인 것처럼, 모든 존재는 질문을 통해 자신의 본질을 전승한다. 그래서 삶에 대해 묻지 않는 자는 죽은 자이고, 사랑에 대해 묻지 않는 자는 살인자이다. 모든 삶은 사랑을 통해서만 가능해지기 때문이다. 죽거나 죽이기 때문이다.

사랑은 자신으로부터 끝없이 멀어져야 도착할 수 있는 장소이다. 시간이 자오선의 눈금을 제 몸에 새기지 않는 것처럼 사랑은 제 지명을 표지석으로 세워두지 않는다. 다만 우리는 느낀다. 쓸쓸함의 추가 흔들어놓은 대기의 바닥에서 누군가 통증이라 이름 붙인 미열을.

고통은 나눌 수 없다. 사랑하는 자들은 가끔 그것을 잊는다. 그들은 나눈다. 사랑의 가장 큰 기만은 서로의 고통이 하나라는 믿음을 주는 것이다. 고통에 관한 한 사랑하는 자는 이교도이다. 그들은 고통을 고독의 지평 너머로 밀고 가 서로의 존재를 통해 진정시킨다. 고독을 부정함으로써 고통의 자리를 빼앗는다. 그러나 고독을 숨긴 사랑은 고통의 야매일 뿐이다.

4 /

　사랑은 존재의 상처이다. 상처를 통해서만 모든 존재는 자신의 내부를 들여다본다.

　그렇다면 나는 통증인가?

　모른다.

　다만 통증은 몸으로 뻗은 심지이며, 어느 순간 몸을 등불처럼 켠다는 것.

　그때 고독이 환해진다.

　(늘 시에 대해 묻지만, 나는 시에 대한 시를 쓰지 않았다. 몸의 등불에 대해 쓰기보다는 몸의 등불이 비추는 것들의 빛깔에 끌렸기 때문일까? 아니면, 등불이 제 몸을 비출 수 없다는 명제 때문일까?)

　고독과 고통은 같은 상처를 가진다. 하지만 고독은 말해지는 순간 고독이 아닐 것이다. 하지만 고통은 말해지는 순간에만 고통이다. 고독은 언어가 없고 고통은 언어로 있다. 고독과 고통은 다른 흉터를 남긴다.

"시는 쓰이는 모든 것들에 주어진 가장 고독한 이름이다"라는 문장은 어떤 철학적 규정이나 논리적 근거에 바탕한 것이 아니라 어느 순간 나에게 다가온 들리지 않는 음성이며 볼 수 없는 형상이다.

그것은 하나의 통증이다.

물론 "쓰이는 모든 것들"이 시가 될 수는 없다. 그럼에도 쓰이는 모든 것들은 시가 될 가능성이 있다.

하지만 쓰이는 순간 모든 것들은 가상이 된다. 부르는 순간 실체에서 떨어져나오는 이름처럼 우리의 만남은 실재가 아니다. 가능성과 가능성으로 끝없이 이어질 뿐인, '가상'이다. 가능성을 실재하게 만드는 가상이다.

거기서 고독이 태어난다.

6 /

때문에 고독한 것들에게 고독한 이름을 주는 일만큼 잔혹한
일은 없다. 시 속에 자비는 없다.

   '이름'만큼 존재와 부재의 야릇한 동시성을 만들어내면서 그 동시성으로 존재와 부재의 자리를 비워버리는 것이 또 있을까. 그 구멍 속에서 우리는 오랫동안 알고 있었던 대상을 잃어버리고 누군가의 이름을 알기 전, 자기 자신이라고 굳건히도 믿었던 자신의 존재조차 잃어버린다. 그래서 '이름'은 그 대상을 지시하기 위한 게 아니라 이미 대상을 상실한, 유일무이한 상실의 도구로 작동한다.

누군가의 이름이 주인을 잃고 추락한 곳. 사물들이 미끄러져 사라지는 곳. 마침내 잠과 내가 몸을 바꾸고 서로를 바라보는 곳. 그리고 그 모든 일들을 매번 다시 시작하는 곳. 숱한 사람들과 사물 뒤의 사물과 끝내 자신이길 실패하고 습기 속으로 사라져버리는 것. 그러나 이때의 사라짐은 일종의 교환이다. 매 순간 우리 몸이 시간의 뒤편으로 사라지면서도 영속적으로 존재하는 이유이자, 삶과 죽음, 사랑과 슬픔이 자신을 드러내는 방법. 우리는 밤과 낮을 통과하며 그 교환을 거듭 살아낸다.

　말하자면 고독은 나에게 찾아오는 것이 아니다. 나를 시간과 맞바꾸는 것이다. 시간의 무인도에서 매번 다시 구조되는 것이다.

　(당연히 시와 인간은 서로를 원인으로 가지지도 서로를 소산이나 결과로 가지지도 않는다. 각자의 자리를 지키며 끝없이 서로를 추적할 뿐이다. 순간 이외에는 어떤 수단도 갖지 못하는 탐색이 계속된다.)

그래서 쓰이는 모든 것들은 아프다. 거기서부터 시의 시작이고 거기까지가 시의 끝일 것. 결국 첫 문장은 이렇게 바뀐다. "가장 고독한 이름으로 쓰이는 모든 것이 시이다."

9
장

비애

/

자신을 속이지 않고
알 수 있는 유일한 진실을
시는 어떻게 드러내는가?

1 /

　생각은 생각을 들여다본다. 고통은 고통을 들여다본다. 생각을 결박하는 가장 튼튼한 끈은 생각이다. 고통을 묶어놓는 가장 튼튼한 끈은 고통이다. 그것들에 들여다볼 눈을 주고 그것들에 결박할 끈을 주는 것이 마음이다.

　마음은 다시 그것들을 구속하고 재판한다. 이 재판의 승자는 죽음뿐이다. 판결이 난 형벌은 삶이다. 해방은 없고 탈옥만 남은 세계는 어디든 은신처일 수밖에 없다. 이 세계에서 사랑은 언제나 도주중이다.

2 /

비극의 전통에서 등장인물들은 대개 왕족이나 적어도 귀족
이다. 그들이 체제를 운영하고 관리했다는 점에서 당시에 그
들은 세계 자체였다. 말하자면, 귀족이나 왕족의 파멸은 세계
의 파멸과 다르지 않은 것이다. 비극은 곧 세계의 파멸이어야
했다. (귀족이 없는 지금, 그 역할을 재벌이나 초능력자가 하고
있다.)

그러나 일반인들의 파멸은 세계의 파멸이 될 수 없다. 그들
의 파멸은 단지 그들만의 파멸일 뿐이다. 파멸은 그들 삶의 기
본값일 뿐이다. 그들은 늘 고통받고 상처 입고 그로써 파멸해
가는 존재인 것이다. 말하자면, 이들에게 파멸은 일상일 뿐 전
혀 비극적이지 않다.

세계는 우리를 가졌지만 우리는 세계를 갖지 못한다. 그것이 우리의 비애이다.

3 /

이렇게 말해볼까. 우리는 우리의 세계를 보여주기 위해 시를 쓴다. 말하자면 자신을 지키기 위해 우리 앞에 시가 있다. 시는 한 사람의 순간을 세계의 전부로 삼는 장르이고, 그래서 여기 있는 한 사람 한 사람의 파멸이 마침내 한 세계의 파멸이라는 것을 말하는 장르이며, 마침내 그들의 삶 속에 세계가 있고 우주가 있다는 것을 말하는 장르이기 때문이다.

이렇게 말해볼까. 우리는 우리를 알 수 없어서 시를 쓴다. 세계라는 말에 포함되지 않는 세계를, 우리라는 말에 포함되지 않은 우리를, 인생이라는 말에 포함되지 않은 인생을 쓰는 것이다

우리가 슬픔이라고 믿었던 것들이 슬픔만이 아니었음을, 우리가 절망이라고 믿었던 것들이 절망만은 아니었음을 말하는

것이다. 파멸 속에는 파멸만이 있는 것이 아니라는 것을 말하는 것이다.

순간을 통해 태어나는 순간과 파멸을 통해 태어나는 파멸이 사랑이라고 말하는 것이다.

(이 세계의 적대와 모순 앞에서 내가 드러낼 수 있는 단 한 가지의 욕망이 있다면 그것이 시여야 한다고 믿는 이유는 여기에 있다. 이 말은 내가 사랑을 포기할 수 없다는 말이고, 당신을 포기할 수 없다는 말이고, 마음이 끝나지 않는다는 말이다. 영원 속에 늘 죽음을 심어놓은 그 마음 말이다. 죽음이 멈추지 않는다면 인생은 멈추지 않을 것이다. 인생이 멈추지 않는다면, 그래서 저 끔찍한 모든 순간들로부터 시 역시 멈추지 않을 것이다.)

4

이렇게 말해볼까. 하나의 계절이 시작되었다고. 그것은 봄이어도 또 여름이어도 상관없지만, 지금은 겨울. 눈이 내리고, 우리는 하얗게 쌓인 눈을 뭉쳐 눈사람을 만든다. 어쩌면 가을, 그것이 낙엽이어도 이야기는 달라지지 않는다. 노란 해의 은행잎 혹은 타는 손의 단풍을 책갈피에 꽂는 마음. 우리는 그렇게 시를 썼다. 시린 손을 호호 불며, 하얗게 부서진 하늘의 조각들을 굴려 몸통을 만들고, 다시 그 위에 둥근 머리를 올렸다. 눈사람. 아니 잠자리 날개로 바스라지는 낙엽이어도 상관없을, 그런 것.

그리고 불현듯 눈보라가 되어 휘몰아친다. 눈사람의 몸이 너무 비좁아 가파른 언덕을 구르는 시절이 있다. 세계를 깡그리 지우고픈 마음이 있어서 한 시야를 다 메우며 달려가 빈 나뭇가지나 늘어진 전깃줄을 붙들고라도 울어야 하는 때. 어둠이 폐가처럼 부서진 가로등 아래에서 밤의 얼굴을 음각으로 뭉개며 소용없는 것들을 찾고 또 소용없는 것들을 만들며, 우리에게 찾아온 계절의 중력을 끝없이 밀어내는 시들. 문을 열면 끝내 집으로 들지 못한 눈발이 동사한 제 몸을 서릿발로 펼쳐놓고 있다.

그러나 여기까지. 아침은 오고 지붕에서 창문에서 눈사람의 마당에서 마지막 글썽임을 남긴 채 흰 빛들은 사라진다.

우리의 시는 그랬다. 눈사람의 차가운 심장에 가닿고픈 소망과 눈보라의 몸으로 부서지고픈 열망이 밤의 왕국을 세우고 또 무너뜨린다. 그러나 그 흥망성쇠의 어둠이 걷히면 어김없이 쨍한 슬픔 속에 덩그러니 남겨진 생활을 만난다.

5

어떤 위안이 있어 희망을 말하기는 쉬운 일이다. 어떤 대결도 없이 절망에 가닿기는 쉬운 일이다. 그러나 알게 된다. 위안도 대결도 모두 지나간 자리에 남는 것은, 희망과 절망의 자리 아래 말갛게 고이는 생활이라는 것. 이렇게 말할 수 있다. 우리는 눈사람을 사랑할 수 있지만 눈사람과 밥을 먹을 수 없고, 눈보라처럼 내달릴 수 있지만 눈보라를 껴안고 잠들 수 없다. 그러나 우리는 겨울 속에서, 겨울과 함께 살아가야 하는 존재이다.

(이제 우리에게 남은 과제가 '눈사람'을 굴리거나 '눈보라'가 되는 것을 지나 '겨울'을 창조하는 데 이르러야 한다고 말하는 이유는 여기에 있다. 군불을 지피고 밥을 짓고 지직거리는 형광등 아래에 묵은 김치를 꺼내다 문득 창에 핀 눈꽃을 바라보는 순간에

도 한 세계를 지우고 또 한 세계를 들이는 신비가 겨울 아침 반짝이는 모든 빛 속에는 있는 것이다. 거창한 무언가를 말하는 것은 아니다. 눈사람과 눈보라, 그 모두가 머물고 또 떠나도 좋은 어떤 순간들이 있다면, 그 순간을 현현하는 것이 바로 계절의 건축술일 것이다.)

10
장

혼 돈

/

삶의 질서가 죽음으로부터 온다면,
시의 천사는 악마의 교사인가?

1 /

어떤 생명이 인생을 찾아가서는 그 인생 가운데서 운명을 잃어버리고 꿈이 되는 순간이 있다. 꿈은 내 계획과 의도가 만드는 미래의 초상이 아니다. 나도 알지 못하는 나의 전체로서의 삶이 펼쳐놓은 알 수 없는 세계이다. 깨어나 생각하면 슬픈 것이지만 어떤 분간을 앞지르는 그곳이 우리 존재의 처소일지도 모른다. 이 메마르고 거친 세계의 한 켠에 아픈 목숨을 위해 마련된 또다른 생애일지도 모른다. 내 앞에 펼쳐진 해안선이 도무지 뭍의 것인지 물의 것인지 알 수 없는 밤으로 가득찬 생애 말이다. 그러나 파도가 물을 벗을 수 없다 해도 바람이 허공을 벗을 수 없다 해도 기어이 달려서 제 전부를 드러내듯이, 어느 순간 꿈은 다섯번째 계절처럼 모든 인생에게 예보되지 않은 날씨를 선사한다.

2 /

　그러므로, 모든 이야기는 운명론에 대한 것이 아니지만 결국 운명에 대한 이야기가 되고 만다. '제출될 결과'로서의 운명이 아니라 '제출된 원인'으로서의 운명 말이다. '결과의 제출'을 영원히 기각하는 '원인의 제출'에 관한 이야기 말이다.

3 /

창조가 슬픔을 시작하였다.

4 /

　지상의 길은 언제나 가팔라서 도무지 속수무책이지만, 한번
구르기 시작하면 멈출 수도 돌아갈 수도 없는 것, 그래서 '후회'
는 언제나 이편으로 굴러떨어진 인간이 저편에 서 있는 인간
을 그리워하는 일이다. 거스를 수 없는 것. 어떤 불능 앞에 도
래한 한 인간이 자신의 한계를 존재 속에서 확인하는 처절함
같은 것. 속수무책 같은 것.

5 /

생각해보면 혼돈만큼 오래된 것은 없다. 어느 순간, 천지가 창조되었을 뿐. 엄밀히 말하자면 창조는 발명이자 발견이다. 하늘과 땅, 빛과 어둠은 혼돈 속에서 구해졌고 그 위에 처음과 다음을 가지런히 한 것이니. 애초에 질서는 혼돈을 원료로 하고 있는 셈. 이를테면, 질서와 혼돈은 세계의 총량을 나눠 가진다. 우리가 혼돈(죽음-불가능)의 세계에서 질서(생명-가능)의 세계로 왔다가 다시 혼돈(죽음-불가능)의 세계로 가는 것도 그와 다르지 않다. 흥미로운 점은, 태초에 신은 혼돈으로의 회귀를 예비하지 않았다는 것이다. '시작'은 있었으나 '끝'은 없었다. 죽음을 창조(하게끔)한 자는 악마이다. 인간은 영원한 생명을 누렸을 것이나 악마(뱀)의 꼬임으로 인해 죽음을 맞게 되었기 때문. 새삼스럽지만 혼돈에서 생명을 구한 것이 '말(신의 말씀)'이라는 사실은 다시 되짚을 만하다. 그래야 질서에 죽음을 종용한 것도 바로 '말(뱀의 혀)'이라는 사실을 맞세울 수 있기 때문이다. 즉 신의 도구와 악마의 도구, 신의 방법과 악마의 방법, 달리 말해 세계가 질서를 획득하는 방식과 다시 혼돈으로 떨어지는 방식은 같다. 선악과를 먹으면 눈이 밝아진다는 악마의 예언과 그를 통해 죽음을 안내하고자 한 악마의 목표는 신에 의해 현실이 된다. '눈이 밝아진다'는 것이 분별력과 관련한다는 점을 떠올린다면, 죽음에 도달하는 과정이 질서의 거절이 아니라, 악마의 의도와는 달리, 시작과 끝을 동시에 보여줄 때에만 온전해질 수 있는 질서의 강화라는 사실을 알 수 있다. '말씀', 곧 언어가 언제나 그 시작과 끝을 법칙으로 가지고 있듯이 말이다.

6 /

그러나 그 방향과 지평은 곧거나 편평하지만은 않아서 가끔 전후는 꼬이고 바닥은 뒤집힌다. 사건과 사연은 겹치거나 결별하고 몸과 감정은 서로를 혼동한다. 시간이 순간적으로 과밀해지거나 희박해져서 모든 알리바이가 한꺼번에 재연되거나 불신되는 때가 있는 것이다. 그것은 모든 것의 원인이면서 모든 것의 결과인 절대적인 순간을 만든다. 이러한 원인과 결과의 통합과 불일치는 (대체로 사랑이라는 충격을 통해) 질서에 침입한 혼돈 때문이다. 그러한 침입은 수평적 시간 속에 위치한 개별적 사건들이 한 공간에서 충돌하는 가운데만 발생하는 것은 아니다. 그것은 수평적 공간 속에 위치한 개별적 사건들이 한 시간에 부려지는 가운데서도 발생한다. 종결된 사건이 느닷없는 순간에 다시 미제가 되는 것처럼 몇백 년 전의 슬픔이 생생한 감각으로 우리 앞에 나타나는 것이다. 아니 몇백 년 동안의 슬픔인지도…… 이 마음의 혼돈은 결과적으로 악마의 목표를 성공적으로 성취하도록 하지만, 말의 질서를 벗어난다는 점에서 악마의 형식마저 휘발시켜버린다. 그것은 무엇일까? 악마가 예비하지 않았지만 악마에 의해 성취된, 악마의 통제마저 벗어난 이 순간으로 인해 우리는 저주를 의심하게 되며 혼돈의 의미를 되묻게 된다. 여전히 형벌이지만 형벌의 원리가 파괴되고, 여전히 알리바이이지만 알리바이의 기능이 사라진 진공 속으로 던져지는 것이다. 그것은 기정사실화를 통해 운명이 된 우연이며, '혼돈의 질서'를 '혼돈 자체'로 바꿔놓은 '혼돈이라는 질서'이다. 어쩌면 이중의 부정이 긍정을 의미하듯 그것은 '혼돈의 혼돈'을 통해 '혼돈을 질서로' 바꿔놓는 것일지도 모른다.

7

그리하여, 최후의 족속이 느끼는 최후의 슬픔은 최초의 족속이 느낀 최초의 슬픔과 다르지 않다. 최후에 남겨진 것과 최초에 던져진 것은 모두 한쪽에 잘린 단면을 가지고 있기 때문이다. 그리고 그 단면은 진흙더미 속의 단층처럼 생의 한순간이 날카롭게 도려질 때마다 나타나는 것이기도 하다. 그때, 단면은 모든 방향을 닫으면서 동시에 모든 방향을 열어준다. 그것은 각각의 오해들이 이유 없이 이해되는 순간이면서 모든 저기와 거기가 여기인 순간이다. 즉, 세계에 부려진 모든 고통과 고독과 서러움과 쓸쓸함 어느 하나와도 무관할 수 없는 순간인 것이다. 한편, 여전히 역사를 읽어내고 평화와 자연의 의미를 추출하고자 하는 노력은 또 무엇일까? 모든 역사의 상징과 자연의 은유를 통해 우리는 아득한 세계의 단면 속에 여전히 수직과 수평의 지도가 그려져 있음을 깨닫게 된다. 상하로 자라난 흔적과 좌우로 자라난 흔적이 공평하게 맞물린 나이테의 무늬처럼 말이다. 그래서 방향이 그 방향의 다채로움으로 면적을 만들고, 면적이 그 면적의 자유로움으로 방향을 갖는다는 사실을 알게 되는 것이다. 바로 혼돈이 자신의 방식을 통해 스스로를 질서로 바꿔놓는—혼돈의 혼돈으로서의 질서 같은—이 장면이 우리가 살아가는 현실의 지독한 리얼리티라는 사실을 알게 되는 것이다.

8

드디어 시간이 흐르고, 나는 시가 삶을 구원한다는 말을 믿지 않게 되었다. 시를 쓰지 않아도 삶을 살았지만, 삶을 살지 않는 한 시를 쓸 수는 없을 것이기에. 오히려 삶이 시를 구원한다.

생각해보라. 나는 죽은 자가 만든 세상에 살고 있지 않은가. 이 옷과 이 신과 이 말과 이 법을 보라. 나는 죽은 자가 지어놓은 밥을 먹고 살아가지 않는가. 어차피, 내 몸은 죽은 자로부터 온 것이 아닌가. 그리하여, 내가 보고 듣고 느끼는 모든 것들이 죽은 영혼의 것이 아니고 또 무엇이겠는가. 나를 가득 채운 것이 또한 죽은 영혼이 아니고 무엇이겠는가. 그래서 죽음은 거짓된 삶보다 훨씬 더 삶의 근원에 가까운 것이 아닌가. 이 슬픔이 쉴새없는 채찍질로 그것을 일깨워주고 있는 것은 아닌가.

삶은, 그 슬픔의 운반자가 아닌가.

9 /

　다만 나는 모든 시가 원하든 원하지 않든 슬픔을 질병으로
분류하려는 세계에 대한 영원한 저항을 형식으로 하고 있다
고, 여전히 믿는다.

11
장

미래

/

'말해진' 곳으로부터

도망가기 위해

시는 미래를 어떻게 사용하는가?

1 /

천국은 발명되지만 지옥은 발견된다. 천국을 발명하기 위해 삶이 필요하다 하더라도, 지옥을 발견하기 위해 죽음이 필요한 건 아니다. 그것들은 말해질 뿐이다. 죽음은 생애를 가지지 않은 채 우리 곁에서 말로 태어난다. 달을 감싼 달무리처럼 '죽음'이라는 말을 감싼 죽음이 삶을 지키고 있다. (나를 감싼 어둠이 내 글쓰기의 곁을 지키고 있다.)

바티칸을 지키는 젊고 건강한 보초병처럼, 그러므로 죽음은 영원히 젊다. 어둠이 영원히 젊은 것처럼, 늙고 병든 미래를 지키기 위해 매일 새로운 죽음이 입대한다.

2 /

　새로움은 방법에 있어서도, 전망에 있어서도, 정해진 무언가를 가질 수 없다. 특정한 목적지를 가진 길을 새롭다고 말할 수는 없다. 그 목적지에는, 설령 미래라는 이름으로 포장될지언정 현재적 시점으로 재구성된 제도적 가치가 놓여 있을 뿐이다. 그러므로 '전망'을 이야기하는 것은 예측 가능성을 최대한 확장함으로써 되려 그 바깥 범위를 활로로 삼기 위한 역설적 과정이어야 한다. 아니, 그조차도 정해진 방향을 지시하는 또다른 제도가 되고 만다면, 차라리 묵묵히 늘 미지 앞으로 내몰리는 자신의 삶을 글과 맞바꾸는 일에 충실하는 것 외에 어떤 방법도 가능하지 않을 것이다.

3 /

시는 오로지 혼잣말을 하기 위해 말을 배운 사람의 그 '말'과 같아서, 잃어버린 것을 계속 잃어버리는 과정이며 따라서 상실과 고독의 상태이지 상실과 고독의 실체는 아니다. 알다시피 시의 언어는 순간적으로 체험될 뿐 결정적으로 통제되거나 무언가를 통제하지도 않는다. 시는 문학의 경계를 지움으로써 문학을 완성해나가는 과정으로서의 시이다. 그것 이외에 다른 것이 필요하지도 다른 것을 필요로 하지도 않는다. 그래서 미학 담론에서 빠지지 않고 등장하는 '새로움'이란 말은 언제나 '목표'가 아니라 '약속'이다. 그저 '쓴다'는 것 외에 어떤 것도 없는 약속 말이다. 시를 둘러싼 수많은 변화 속에서도 이 사실만큼은 변하지 않는다고 믿는다.

4 /

누구나 자신의 '고통'을 통해 다른 사람의 '고통'과 대화한다. 누구나 자신의 '감각'을 통해 다른 사람의 '감각'과 소통한다. 어떤 고통도 혹은 어떤 감각도 소멸하지 않는다. 그러므로 자기 고통에 대한 기억이 없는 자는 다른 사람의 고통에 말을 건넬 수 없다. 자기 자신에 대한 혐오와 절망을 안고 새롭게 만나는 불안과 죽음을 견뎌야 하는 것이다.

시는 자기의 시간을 걸고 다른 시간에 말을 건넨다. 말하자면, 자기 '시대'의 말로 또다른 '시대'에 말을 건넨다. 어떤 시대도 개인에게서 소멸하지 않는다. 그러므로 자기 시대의 기억이 없는 자는 다른 시대에 말을 건넬 수 없다. 이렇게 시는 대화가 된다. 완결된 대화가 아니라 언제까지나 예비된 대화 말이다.

우리는 절망할 권리가 있고 슬퍼할 자유가 있으며 그래서
어느 아픈 꿈속에는 기어이 미래를 죽일 수 있는 힘이 있다.

상실된 영원이 육체에 기입된 것이 지각의 순간이고, 상실
된 육체의 순간이 인식의 표면에 기입된 것이 영원이라면, 영
원과 순간은 우리 모두에게 주어진 감각일 것이다.

(다만, 그것은 외부로 향하는 새로운 경로를 닦으려 하거나 생
경한 언어를 얻으려는 천진한 열망으로 발현되지 않는다. 오히려
상실에 대한 나지막한 고백을 통해 잡을 수 없는 것들 뒤의 허무
를 겨우 면할 뿐이다. 그것으로 메마른 삶의 열망과 갈구가 해소
되는 것도 아니다. 그 감각은 하루하루의 현기증이 조금씩 깊어
지는 자리에서 어렵사리 풀어낸 고백의 긴 줄이, 몸의 바닥에 잠
겨 있는 것들을 끌어올리는 순간일 뿐이다.)

6 /

그러므로 모든 미래는 상실된 채로 도래한다.

그때 미래는 징검돌을 건너뛰는 하얀 발처럼, 꼭 그만큼의 알 수 없는 순간 위에 받쳐져 있다. 존재의 중력이 오직 작은 돌 위에 멈출 때, 실존은 소용돌이를 만들며 물살을 타고 멀어져간다. 순간은 돌처럼 단단하고 사건은 물처럼 속절없다. 우리는 그 순간에서 빠져나와 다음 징검돌을 향해 힘껏 뛰어야 한다고 믿는다. 건너편. 인생이 거기 있어서가 아니라 인생은 여기서 저기로 건너가는 것이어서. 그러나 뛰고 뛰고 뛰어도 건너편이 나타나지 않을 때, 건너편을 자욱한 안개 너머에 남겨놓고 물 가운데 둥글게 놓인 징검돌을 따라 우리가 빙빙 돌고 있을 때, 상실이라는 틈이 포기하지 않고 나타나 순간이야말로 가장 큰 사건이 아니냐고 헛되이 말한다.

인생이라고 믿었던 것들이 결국 저편에 대한 알리바이에 지나지 않는다는 것을 아는 자에게 사건에 연속성을 부여하는 인과의 의미는 빈약하기 짝이 없는 것이다. 상실 앞에 도착했을 때 어떤 세계도 확고하지 못하고 어떤 신념도 승인받지 못하는 이유는, 그것이 세계와 신념의 틈을 최대한 벌려놓기 때문이다. 급기야 그 벌어진 틈이 벌려진 대상을 삼키는 역전이 발생하더라도 우리는 그다지 이상하다고 느끼지 못한다. 상실의 슬픔이 순간의 논리로 이어진 징검다리 위에서 한 번도 미끄러지지 않고 인식의 지평을 가로지르고 있기에. 하여 모종의 순간이 어떤 사건에 종속되어 있는 흔한 경우와 달리, 슬픔 속에서 사건들은 알 수 없는 순간에 종사하고 있는 것처럼 보인다. 이 역전으로 인해, 세계는 오랜 시간 강고하게 지켜왔던 자신의 고유성을 망가뜨리고 스스로 부랑자가 되어 떠돈다. 말하자면 사랑이라는 것에, 인생이라는 것에, 예고도 질서도 없이 침범하는 그 '순간'은 알리바이 이전이거나 알리바이에 뚫려 있는 구멍 같은 것이다. 그 구멍을 들여다보는 시간이 무엇인지 우리는 아직 모른다. 적어도 미래도, 분명히 과거도 아니다.

(시인이 대단한 사람이었다면, 시대의 촉수이자 정의로운 지사, 하다못해 '대신 울어주는 자'였다면, 나는 시인이 되지 못했을 것이다. 어떤 당위도 자유로운 시인을 구속하지 못한다. 오히려 어떤 '불편'과 '불안'이 시인을 쓰게 한다. 나에게 시인은 그저 '쓰는 자' 이상이지 않으며 시는 '쓰인 것' 이상이지 않다. 시를 통해 세상을 이기는 분들의 다정한 충고처럼 언젠가 나는 시인으로서의 위의를 이렇게 저버린 것을 후회할지도 모른다. 그러나 그때는, 아마도 내게 오늘의 '불편'이나 내일의 '불안' 따위가 사라진 때일 것이고, 그런 때라면 틀림없이 목전에 죽음이 있을 것이다. 나는 죽음을 위해 살고 싶지 않다.

편편마다 시는 다른 장르로 태어나는 것인지도 모른다. 하나의 혹은 합의된 독법을 가진 시의 시대는 갔다. 그런 시대가 다시 올까? 아마도 그럴 것이다. 아니, 그런 '시대'는 이제 겹겹의 세계 속에 혼재한 하나의 '장르'가 되었다고 해야 할지도 모르겠다. 다만, 정치적 진보성이 그대로 미학적 진보성이 아니듯이 미학적 진보성이 그대로 정치적 진보성이라고도 말하지 말자. 미지의 논리로 모두를 묶어내야 한다는 강박을 버리면 무엇보다 말하기에 좀 편할 것 같고, 그러면 시에 덧씌워진 위험한 신화를 벗겨낼 수 있을 것 같고, 어쩌면 문학을 빌미로 태어나는 추문과 추행들이 조금은 줄어들 것 같다. 내 주변에는 문학하는 자로서 최소한의 무언가를 지키려다 다친 친구들이 많다. 그들의 상처가 인공 진실 혹은 인공 거짓에 의한 것이기에 내내 안타깝고 또 무력한 만큼 그 허구에 가담한 것 같아 미안하다. 세계는 이편과 저편으로 나누어진 장소가 아니라 몸의 감각으로 이루어진 불투명하고 불균질한 곳이므로, 어떤 프레임이 선명할수록 자신을 선으로 규정하기 위해 악을 발명하고자 하는 욕망을 경계하지 않으면 안 된다. 아니, 적어도 자신의 내면을 경유하지 않은 언어가 문학이 될 수 없다는 지극한 사실을 돌이켜 함께 떠올리면 좋겠다.

'시인'이 그저 생활인이라는 앞의 말과 달리, 모든 '시'는 죽음과 만나기를 바란다. 미래는 죽음과 같은 이정표를 쓰니까. 나는 이 균열과 어긋남이 '시'와 '시인'이 할 수 있는 유일한 '연대'라고 생각한다. 우리가 육체 속에 갇혀 살아갈 때 사랑이 우리 몸을 두드리듯이, 비바람이 우리가 알지 못하는 세계의 기척이라는 것을, 눈송이 하나하나가 초인종 소리라는 것을…… 적막이 밤의 교실을 열어 가르쳐줄 때, 차가운 현관 손잡이를 잡고 망설이는 자의 모습으로 말이다. 나는 시가 매번 성공하지 못한다고 해도 시의 이유들은 매번 성공한다고 믿는다.)

나는 각자가 지고 있는 비애의 무게를 모른다. 하지만 우리 모두가 짊어지고 또 끌고 가고 있는 슬픔이 있다는 사실만큼은 모를 수가 없다. 날씨가 변하고 계절이 바뀐다. 그때, 세계의 변화는 타자의 것이지만, 시의 변화는 자신의 것이기 때문이다.

10 /

다행히 미래는 아무리 때려도 부서지지 않는다.

12
장

생활

/

시가 죽음을 포기할 수는 있지만,
생활을 포기할 수 없는
이유는 무엇인가?

1 /

　인간은 자신이 짓는 집이 천년 후의 유적지라는 사실을 잊
는다. 인간은 자신의 사랑이 백년 후의 후손으로 살아간다는
사실을 잊는다.

　인간은 잊는다. 자신의 말 한마디가 죽음의 뿌리를 거느리
고 있다는 것을.

　인간은 잊는다. 햇살이 숨긴 칼과 달빛의 붉은 올가미. 마음
의 흉기 속에서 천년이 죽고 백년이 쓰러지고 있다는 것을. 한
세계가 멸망하고 있다는 것을.

2

신비에 대한 고백은 늘 멀리 있다고 생각했다. 이상한 아름다움이 줄줄이 가로등을 켜며 우리를 먼 곳으로 이끌었기 때문에, 먼 곳은 신비로웠고 그에 대한 열망은 늘 나 자신을, 지금 이곳을 초라한 것으로 만들곤 했다. 그리고 어김없이 돌아와 나 자신의, 지금 이곳의 이유를 번듯하게 결정해주었다. 그래서 신비는 나와 내 삶을 지워낸 자리, 그 부정이 뿜어낸 그늘과 어둠을 배경 삼아 멀리에서 반짝이는 무언가였다.

그러나 하나의 대상이 온전한 세계를 갖는 방법은 '일상'의 형식 이외를 갖지 못한다. 일상이야말로 그 모든 계기를 온전히 품고 있는 것이면서 동시에 우리를 놓아주지 않는 유일무이한 시공간이기 때문이다.

(무엇보다도 일상은 시의 가장 큰 무기이고 바탕이며 궁극적으

로 시가 전환하고 전개해야 할 대상이기 때문이다.)

3

예술을 통해 그 자신 창조주가 되고자 했던 이들에게 '시 세계'는 자주 알리바이가 되어 일상의 시간을 지우고 일요일을 독차지한다. 그래서 시는 곧잘 삶에 견주어 설명되면서도 결정적인 순간에 삶과 무관해져버리곤 했다. 우리는 인간이 각자 고유한 삶을 가졌다는 것을 안다. 하지만 삶을 알리바이로 사용하지는 않는다. 삶이 실체라서가 아니라 우리 삶 전체가 알 수 없는 이유로 가득차 있는 알리바이 같은 것이기에. 만약 알리바이를 알리바이로 가리는 일을 '시 세계'로 설명한다면, 시는 끝내 일상 속으로 돌아가지 못할 것이다. 무대 위에 화려하게 펼쳐진 언어 앞에서 박수를 치고 나면 일요일이 끝날 뿐이다.

시가 읽는 이의 시간에 개입하는 것이기에 하는 말이다. 시는 시간을 그저 흘러가게 만들어도 좋다. 그러나 그 시간을 속여서는 안 된다. 사실 그 진의를 파악하기는 생각보다 어렵지 않다. 어느 순간 읽던 시를 내려놓았을 때, 지속되는 삶을 통해서 우리는 그 시가 우리에게 준 시간이 무엇이었는지 얼마간 되물을 수 있기 때문이다. 무대를 향해 쏟아지는 조명이 닿지 않는 자리에 남는 말들. 암전 가운데에도 어디서 흘러왔는지 모를 빛이 눈가에 맺히는 순간과 무대보다 더 많은 사건이 일어나는 한 사람 한 사람의 객석. 드디어 불이 켜졌을 때, 이편과 저편을 가르며 떨어지는 검은 커튼이 가진 주름을 다시 일상의 시간으로 펼쳐놓는다. 거기에는 안식일의 알리바이가 없다.

4

도발이 없지만 도피도 없기에, 시는 우리를 우리가 있던 자리에 남겨놓는다. 길이 끝나지 않아도 가로수가 그 자리에서 나무로 남듯이 말이다. (무슨 말인가. 가로수는 처음부터 나무였다. 아니지. 우리는 가로등을 따라 달리거나 비틀어 허공을 비출 줄은 알았지만 가로수를 나무로 남길 줄을 몰랐다.) 무엇보다도 시는 모험으로 가득 찬 미지나 외계에 있는 것이 아니라 세계의 질서를 정지시킴으로써 사물이 온전히 그 실체를 드러내는 순간이며, 그 순간 위에서만 언어는 제 생명을 얻는다. (우리가 볼 수 없는 영원한 미지가 우리 자신이듯, 외계의 진정한 실체는 세계 자체이며, 그 세계의 순간들이다.)

　지금의 '결과'가 앞선 '계획'과 어긋나 있을 때, 우리는 그 귀
책 사유를 수없이 되뇌게 된다. 처음부터 불가능한 기대 속에
무언가를 던져놓았던 것인지, 아니면 어찌할 수 없는 시간이
우리를 다른 곳으로 몰고 갔는지. 이 질문에 합당한 대답은 없
다. 아니, 모든 결과는 원인을 갖지 못한다. 알다시피 인과로
이어진 맥락과 논리는 대체로 사후적인 믿음에 의해 재구성되
는 것이다. 그래서 그렇게 되었을 거라고, 당도한 결과를 합리
화하기 위해 어떤 것을 찾아 원인으로 돌리고 스스로를 그 믿
음 속에 가두는 것. 그러나 혹은 그래서 지금 우리 앞에 도착
한 일들은 대체로 알 수 없는 기원을 가졌고, 알 수 없는 기원
은 늘 그렇듯 믿음 바깥의 신앙을 증명하는 것이기도 해서, 식
탁의 제단 위에 올려놓고 식어가는 저녁을 예배처럼 맞이하곤
하는 것이다. 바로 이 지점에서 시인은 배교자가 된다. 엉뚱하

게 흘러가는 시간 속에서, 그 믿음의 사제인 자기 자신을 주체의 자리에서 비워버리기 때문이다.

주체의 자리를 비워버리는 일이라면 우리는 사랑을 통해 충분히 경험해보았다. 그러나 사랑은 배교의 과정일 뿐 그것을 교리로 완성하지 않는다. 예컨대 이런 과정. 우리는 누군가를 사랑하는 일이 상대방과의 일들로 꾸려져 있다고 믿는다. 그러나 사랑이라는 것이 그를 사랑하는 나와 그를 미워하는 나, 그리워하는 나와 잊고 싶은 나 사이에서만 가능하다면 결국 수많은 자신과의 일을 상대방이라는, '물질화된 세계'를 빌려 치러내는 게 아닌가. 내면의 변증법을 통해서 스스로를 지켜나가는 것으로서의 사랑. 무엇보다도, '상대방이라는 물질화된 세계' 역시 마침내는 아무것도 존재하지 않는 텅 빈 허방이었다는 사실을 마음의 역사로 삼는, 배교로서의 사랑 말이다.

사랑이나 인생이라고 하면 뻔해지는가. 그렇게 느낀다면 사랑과 인생의 단어만 알 뿐, 그 단어가 말해지는 순간에 뚫려 있는 무한을 모르는 것이다. 잠에서 깨어났을 때 조금씩 선명해지는 사물의 각도를 운명으로 만들고, 피부에 와닿는 공기를 천근의 갑옷으로 만드는 것. 사랑이나 인생은 육체를 갖지 못했기에 오직 우리의 감각을 빌려 세계를 살아간다. 문제는 모든 것의 이유인 사랑이 그 시작과 끝에서 또다시 핑계를 찾듯이, 인생이 스스로 의미를 갖기 위해 신념을 소환하듯이, 사랑과 인생 역시 알리바이에 싸여 있다는 것이다. 알리바이에서 알리바이로 이어지는 시간의 추이를 시인은 인생으로 받아내는 사람이 아니라서, 모든 잠언과 경구들이 그 앞에서 힘을 잃고 되려 사소한 고백을 통해서만 우리는 사랑과 인생을 온전히 마주할 수 있는 것이다. 바로 일상을 통해서 말이다.

적어도 살아가는 일에 관한 한 세계는 예외의 자리로 옮겨가지 못한다. 그것은 지독하게도 생활의 자리에 있다.

　구태여 다른 세계를 건설하려 하지 않고, 이 세계를 들춰 그 심연을 보여주는 것. 아니 이 세계가 다른 세계보다 더 멀고 아득하고 그래서 매번 새롭다는 것을 말하는 것. 한편 시가 가진 미필적 관심은 스스로에게만큼은 무참한 것이기도 해서, 곧잘 우리를 자기 자신의 자리에 오래 세워두기도 한다.

　(우리는 가로수를 나무로 남기는 일에 대해 말했다. 그 자리에 끝내 남아 있는 자들. 하나로 완성되는 이야기를 가질 수 없는 존재들. 매번 헤어짐으로써 만남의 존재를 각인시키는 존재들. 시는 그 존재들을 지시하는 상형문자이다.)

하여 시는 적대를 피하려고도 않지만 그것을 관념화시키지도 않아서, 손쉬운 대결과 선명한 선언 속에 미적 싸움을 가두지도 않는다. 부조리조차 철저히 삶의 자리에서 사유함으로써 일상의 시간을 찢되 그 조각을 다시 일상의 자리에 내던짐으로써, 읽는 이를 읽는 이의 삶 속으로 돌려보낸다. 언어의 재현을 보여주는 게 아니라 삶을 끝없는 재현 속에 위치시키는 것. 이 역전의 방식이 때로 시간을 그저 흘러가는 것처럼 보이게 만들지라도 그 마지막에서 우리는 비로소 '우리'로서 정확해질 수 있을 것이다. 그보다 아름다운 시를 우리는 알지 못한다.

환상

시가 있어서 허락되는 것과
시가 있어서 포기되는 것은
무엇인가?

1 /

　나는 결별을 잘 견디지 못한다. 아니 정확하게 말하면 이별
후에도 아무 일 없었던 것처럼 지속되는 삶의 의미가 무엇인
지 자주 묻게 된다. 그리고 여전히 생각과 생각으로 이어지는
시간의 끝을 잘 찾지 못해 헤매곤 한다. 삶과 사랑과 죽음 앞에
노련해진 사람들은 그에 대한 질문들을 다른 가치와 바꿀 줄
아는 자들일 것이다. 질문과 질문의 이어달리기로 점철된 문
학 앞에 선 사람들은, 때문에 영원히 노련해질 수 없는 채로 어
스푸레한 새벽 공기를 질문의 늪으로 바꿔놓을 수밖에 없다.
사실 나는, 사랑하는 이의 죽음을 겪고도 지속되어야 하고 지
속될 수밖에 없는 일상이라면, 일상 속에는 우리가 알 수 없는
어떤 숭고함이 들어 있다고 믿는 편이다. 하지만 그러한 믿음
과 무관하게, 크건 작건 모종의 비애를 끝없이 투척하는 일상
속에서 썰물 진 자리에 남은 검은 갯벌 같은 마음은 어쩔 수 없

다. 문지를 때마다 검은 흙이 묻어나는 마음을 이끌고 일상이라는 환한 대낮을 지나가는 순간 말이다. 간혹 토끼의 겨울과 곰의 동굴, 뱀의 잠에 대해 생각해보지만 그런 평온은 환상 속에서만 가능한 것이었다.

2 /

　물론 지속되는 일상이 가진 끔찍한 순간들이 꼭 물리적 결
별 이후의 과정으로만 설명될 필요는 없다. 이별이 하나의 존
재론적 사건이라면, 그것은 물리적 차원뿐 아니라 화학적 차
원, 말하자면 인식이나 감각의 차원에서 반복적으로 일어나
는 사고事故까지도 포함한 것이다. 우리는 마주앉은 짧은 시간
가운데서도 숱한 결별을 감행하는 존재이며, 심지어 나 자신
의 어떤 상태와도 끝없이 결별하는 존재이기 때문이다. 그것
이 더 나은 내일을 가져온다는 믿음이 세상 한 켠에 있다는 것
을 알지만, 그간 내가 믿어온 지평을 깡그리 무너뜨리는 과정
이라는 점에서 '아픈 전환'이라는 것은 부인할 수 없고, 그 순간
속에는 늘 영원이 똬리를 틀고 있다는 것도 어찌할 수 없다. 그
리고 그것은 영락없이 어렴풋한 믿음으로부터 처절하게 버려
지는 것을 뜻한다.

3 /

　그에 대한 나의 첫 경험은 이렇다.

　우리집은 뒤로 과수원을 낀 동네 맨 안쪽 집이었다. 서로 숟
가락이 몇 개인지도 다 안다는 말처럼 집집마다 대문이랄 것
이 따로 없는 동네였다. 당시 나는 앞집에서 풀어놓은 수탉 때
문에 골목을 지나가지 못할 정도로 어렸다. 골목에 흩어져 있
는 닭무리 속에서 수탉의 위치를 미리 파악하고, 좀 멀찌감치
비켜 있다 싶을 때 냅다 뛰어야 했다.

　그날은 내 기억 속에 세 개의 장면으로 남아 있다.

　먼저 첫번째 장면. 친구들과 놀다 돌아오는 길이었고 역시
나 수탉을 따돌리느라 숨이 찼다. 집 앞 감나무 아래서 숨을
고르고 있었는데, 이상하게도 온 동네 사람들이 우리집에 몰
려와 있었다. 무슨 일일까? 기웃거리며 집으로 들어서는데 앞
집 아주머니가 나를 붙들어세웠다. 요란한 소리가 들렸다. 아

저씨들의 손을 뿌리치며 아버지는 가구며 텔레비전이며 할 것
없이 집안 물건들을 마당으로 집어던지고 있었다. 이런 말을
들었다. 다 죽여버리겠다고. 아버지는 할아버지가 사업 실패
로 남긴 적잖은 빚을 청산하는 데 일생을 바치신 분이셨고, 보
수적이고 엄하셨지만 좀체 폭력적인 모습을 보였던 적은 없으
셨다. 적어도 그때까지는 말이다. 고개를 돌리자 아주머니들
이 어머니를 이끌고 뒤안을 돌아가는 게 보였다. 그게 무슨 일
이었는지, 무엇 때문이었는지, 예닐곱의 나는 알 도리도 없이
마당에 부서진 채 부려져 있는 세간들을 흐린 눈으로 훑어보
고 있었다. 더는 우리 식구들이 함께 살 수 없을지도 모른다는
불안감 속에서, 내가 감당할 수 없는 무언가가 우리의 전부를
앗아가고 있다는 사실 하나만, 또렷하게 알 수 있을 뿐이었다.

　다음 장면은 한밤중이었다.

　나는 잠이 많아 9시를 넘기지 못하고 곯아떨어지곤 했는데,
그날은 웬일인지 백열전구 달려 있는 대청마루 끝에 나와 퀭
한 달빛을 쳐다보고 있었다. 사방은 쥐죽은듯 고요했다. 그때
슬며시 안방 문이 열렸고 아버지가 커다란 가방을 들고 나오
셨다. 마루 밑에서 가죽구두를 꺼내 신고는, 암말 말고 드가 자

거라, 한마디 남기고 마당을 성큼성큼 가로질러 어둠 속으로 사라지셨다. 나는 역시나 아무것도 몰랐지만, 다시는 아버지를 볼 수 없을 것이라는 사실만큼은 분명하게 알 것 같았다. 아버지, 아버지, 부르고 싶었지만 말은 소리가 되어 나오지 않고 흔들리는 전등 속에 달빛이 그렁그렁 차오르는 것을 보고 있었다.

마지막 장면은 다음날 아침이었다.

잠 속에서도 가슴은 먹먹했고 눈은 퉁퉁 부어 있었는데 문살에 들이치는 봄볕이 부셔 눈을 떴다. 바깥이 소란스러워 누운 채 손을 뻗어 미닫이문을 열었다. 쨍한 햇살이 흙 마당을 환하게 밝히는 풍경 너머로, 어머니가 부엌에서 뚝딱뚝딱 끼니를 장만하는 모습이 보였고 책가방을 마루에 올려놓은 형들은 학교 갈 채비를 하고 있었다. 아침 일찍 과수원에 다녀오는지 전지가위를 든 아버지가 마침 대문을 들어서고 있었다. 여느 날처럼 평온한 아침이었다. 마치 아무 일도 없었던 것처럼 모두가 자기 일을 하고 있었다. 그 순간, 내가 느낀 것은 안도감이 아니었다.

어떻게 이럴 수 있지? 그런 일이 있었다. 전쟁 같은 일. 그런데 아무 일도 없었던 것 같았다. 어떻게 이럴 수 있지? 그런 일이 있었다. 돌이킬 수 없는 일. 그런데 아무 일도 없는 것 같았다. 도무지 알 수 없는 광경 앞에서 나는 그저 눈만 끔뻑이고 있었다. 그때의 내가 삶이 뭔지, 일상이 뭔지, 가족이 뭔지 알 리 없었지만 봄볕 환하게 쏟아지는 그 풍경이 훅 무서움으로 밀려왔다. 그런 일을 겪고도 결국 살아내야 하는 것이 일상이라면, 그게 삶이라면, 가족이라면…… 문 앞에 엎드린 채 나는 그 뭔지도 모르는 삶을, 일상을, 가족을 처음으로 끔찍하게 바라보았다.

4 /

　아무래도 그때 나는 내가 가지고 있던 '살아가는 일의 모든 환상'과 결별했던 것 같다. 그리고 우리가 믿고 있는 모든 가치가 그 환상의 군사들이며 나의 삶을 종용하는 이 세계의 시스템이 그 환상의 군대라는 것을 한창 물오르기 시작했던 어린 반항심 속에 모조리 구겨넣었던 것 같다. 그리고 나의 성장기는 온통 그것과의 싸움이었고 갈등이었고 저항과 굴복과 번복의 연속이었다. 지금의 나는 그 시기에 했던 결심과 엇갈리거나(현실과 타협하지 않겠다는 것), 결심과 동행하거나(아이를 낳지 않겠다는 것), 여전히 그 결심을 남겨둔 채(죽음을 선택하겠다는 것) 살아가고 있는지도 모르겠다. 이 세계라는 환상을 견디기 위해서 말이다.

그리고 시간이 지나, 이제 나라고 믿어왔던 자기 자신 역시 환상에 불과하다는 것을 사랑을 통해 배우게 되었다. 서로의 몸을 영원한 미지로 삼는 사랑은 나를 구성하는 모든 것이 허구였음을 가장 강렬하게 가르쳐주는 사건이기 때문이다. 내가 끝없이 번져나가는 경험을 주어서는 세계의 모든 곳에서 나를 사라지게 만드는 것이 사랑이기 때문이다. 내가 끝없이 번져 나가는 경험을 통해서도 끝내 너에게 닿을 수 없게 만드는 것 이 사랑이기 때문이다. 사랑 속에서 사라진 너와 나를 영원히 되찾을 수 없기 때문이다. 서로라고 믿었던 사랑 속에 버려진 자신을 들쳐메고 추억 밖으로 빠져나올 수 없기 때문이다.

이제 각자의 시간들, 어쩌면 나 이전의 시간과 나 이후의 시간들 같은…… 그런 의미에서 이 부서진 세계의 완벽함이 우리를 견딜 수 없게 만든다고 하더라도, 그곳이 바로 인간의 자리이며 진실의 순간임을 믿는 일이 시가 또 문학이, 그리고 그 안에서조차 끝내 우리를 물어뜯는 사랑이 우리에게 알려준 유일한 신앙일 것이다.

그래서, 이렇게 말할 수 있다. 나는 여전히 당신에게 가장 하고 싶은 말을 하지 못하고 살아간다는 느낌을 많이 가지고 있지만, 이 삶의 모든 어쩔 수 없음을 저 미지의 몸속에 침묵으로 잠근 채, 기어이 그 무참함을 끌어안으라고 또 끌어안아도 좋다고, 스스로도 그 형체를 본 적 없는 물컹한 슬픔을 허락하는 것 역시 시라고 말이다.

14
장

말

언어가 잠든 공휴일에
시의 여객선들은
어디에 떠 있는가?

1

말이 슬픔을 다스리는 용도라면 말은 그대로 슬픔으로 남는
다. 때로 그 슬픔은 목구멍에서 폭발하여 인간의 자리를 모두
태워버린다. 우리는 그런 유의 재난을 자주 목격한다. 슬픔이
모든 것을 태워버린 곳에서 피어오르는 몇 줄 연기로부터 녹
음에 가려졌던 이 세계의 앙상한 전모가 뜨겁게 드러난다. 우
리는 그 불을 끄지 않으며 끌 생각도 없다. 마치 긴 시간의 기
름 속에 꽂힌 심지처럼 세계는 제 검은 바닥을 영원히 보여주
지 않을 것이기에. 어느 날 홍수에 실려 모든 것이 덮여버릴 것
이기에. 그래서 우리를 결정하는 슬픔은 우리에게 도착하지
않는다. 영원히 유예되는 과정을 가진, 이상하게 계속되는 그
이야기 때문에 우리는 슬픔 직전의 상태에서 벗어날 수 없다.

2 /

　그때의 타오름. 그것은 이쪽과 동시에 저쪽을 여는 환한 문일 것이다.
　그때의 휩쓸림. 그것은 위와 동시에 아래를 가진 검은 밤일 것이다.

　모든 인생은 자신의 중심이면서 세계의 가장자리이다. 그곳에서는 어떤 것도 구별되지 않는다. 삶은 죽음으로 이야기되고 죽음은 삶으로 이야기된다.
　그러므로 슬픔의 거처는 현실의 이곳도 미지의 저곳도 아니다. 슬픔이 인생과 관계 맺는 작용과 반작용의 양상은 말의 알레고리를 넘어선 자리에서 세계의 결핍에 저항하며, 궁극적으로 그 결핍을 다시 비워내기 위해 끊임없이 노력한다.
　있는 것을 버리는 것은 언젠가는 끝난다. 한번 타버린 세계처럼, 있는 것은 유한하며 그것은 반드시 바닥을 드러낸다.

없는 것을 버리는 일에는 한계가 없다. 거기에는 지속이 있을 뿐이다. 버리고 버리고 버리는 과정을 통해서만 그 결핍은 그저 결핍된 상태만은 아님을 증명한다.

결핍을 결핍으로 지울 때, 텅 빈 인생은 비로소 이야기를 갖는다.

3 /

말해지지 않은 슬픔은 슬픔이 아니다. 그것은 죽음이다. 슬픔은 말해져야 한다. 그것이 죽음을 몸에서 떼어내어 언어 속으로 옮겨놓는 일이기 때문이다. 죽음에게 언어라는 집을 지어주는 일을 위해 슬픔이 필요하다. (거기 불을 지피고 죽음을 머물게 하기 위해 침묵이 필요하다.) 그것을 누군가는 인생이라고 부른다.

4 /

　시는 말하지 않는 것을 통해 말하고, 말하는 것을 통해 말해진 것을 지운다. 신의 말씀이 지워진 곳에 남아 있는 말씀을 보여준다. 말씀의 나체가 침묵이며, 침묵의 외투가 말씀임을 보여준다.

　말은 침묵이 인간에게 오기 위해 빌린 계절이며, 우주의 회전을 유행으로 삼는다. 침묵은 말이 인간에게 오기 전 사라진, 우주의 날씨 속에 소모된 말이다.

어찌할 수 없음과 어쩔 수 없음 사이에서 태어나는 말이면서 말이 아닌 모든 것들. 우리는 그것이 무엇인지 충분히 알고 있다. 그래서 시에게 필요한 말은 환희와 축복과 즐거움에서 시작되기보다는 고통과 절망과 쓸쓸함에서 시작되는지도 모른다. 그것이 가능과 불가능 사이에 낀 전능이라는 신의 감옥이므로, 사랑이 마음을 가지고 놀다 망각을 따라 밥 먹으러 간 자리에 남아 있는 슬픔을 시는 일요일의 대청소처럼 장난감 통 속으로 툭, 던져넣는다.

어떤 시는 따뜻하게 감싸주고 어떤 시는 날카롭게 베고 간
다. 그사이 찌르거나 튀어오르는 혹은 안아주고 다독이는 시
들은 우리를 다른 곳으로 이끌곤 했다. 잊히지 않는다. 어느
순간 마음의 두꺼비집을 올려 치렁치렁한 핏줄을 환하게 밝히
던 밤의 환희와 맑은 고통, 미래라는 벽을 허물며 도착하는 미
지의 목소리까지. 한 가로등을 지나 다음 가로등 앞에 서듯이
우리는 매번 새로운 시들을 맞았다. 대개는 그랬다. 텅 빈 의
미를 건조한 일상으로 보여주는 시에 대해 끄덕일 때에도, 우
리는 무던히 반짝이는 언어의 불빛 아래를 지나가는 중이었
다. 지나가, 시간의 뒤편을 밝히며 또다른 야경이 되는 시들.
그 광경은 마치 세계의 거의 모든 곳을 지나 외계까지 다다랐
다가 다시 이 세계에 떨어진 알갱이들 같아서, 거기에서 무엇
이 터져나와도 이상할 게 없었다.

그런데 이상했다. 아무데도 간 적 없는 시, 아니 가려 하지 않는 시. 뒤집고 가르고 지우며 기묘하게 발랄하게 채워진 언어들 가운데 맞닥뜨린 어떤 시 앞에서 나는 그만 맥이 탁 풀려 버리곤 한다. 그럴싸한 말을 고르거나 벼렸다고 할 수도 없고 무의미한 기약을 남기지도 않는 것. 아니 애초부터 그런 욕망이 없었다고 해야 할 것이다. 온통 미지로 향하는 가로등 옆에 가로수처럼 서 있는 시. 무언가 터져나오기보다는 되려 고요 속에 가두는 시. 그러나 진짜 이상한 일은 여기서부터다. 그런 시들은 좀처럼 시간의 뒤편으로 물러나 야경이 되지 않는 것이다. 그리고 마침내, 나를 시간의 루프 속에 가두고 그 순간을 반복하게 만드는 것이다. 골목을 가둔 집이거나 시간을 삼킨 시계처럼 말이다. 가로등으로는 닿을 수 없는 길에서 돌고 있는 가로수의 계절처럼 말이다. 시의 말 속에는 그런 길들이 있다.

(이제 세계는 단일한 과정으로 이해되지 않는다. 어떤 대상은 정해진 용법으로 규정되는 것이 아니라 원하는 용도에 따라 각자의 방식으로 규정된다. '개념화'가 사유와 대상 사이에 필연적으

로 존재하는 간극을 통해 운동성을 확보하지만, 한 대상에 걸맞은 개념이 자리잡기 전에 그 대상은 이미 다른 것으로 변모해 있기도 한다. 개념이 가진 추상화와 동일성은 현실 구동에 있어서 지극히 미약한 힘을 발휘할 뿐이다. 의미와 윤리를 지배하던 '개념화'의 권위가 사라졌다는 것을, 일각에서 이해하는 것처럼 사유의 상실로 받아들일 필요는 없다. 사유의 근거가 보편적 이성에서 특수한 경험으로 바뀌었을 뿐이니까. 실로 세계는 삶의 순간순간을 끝없이 통합하는 과정이 아니라 삶의 순간순간 속에서 끝없이 분산되는 감각 그 자체로 존재하기 때문이다. 이때 시는 작가와 작품이 가진 아우라를 통해 독자들을 설득하기보다는, 각자의 독서 경험 속에서 끝없이 재의미화되는 다면체의 그것이다. 시는 태어나는 순간 그 느낌을 남기고 의미를 숨긴다. 이제 우리의 말이 그와 다르다고 말할 수 없다.)

이로써 모든 의문이 사라진 것은 아니다. 사탄은 왜 뱀이어야 했을까? 너에게 달려가고 싶어서 바닥을 기는. 너를 안고 싶어서 물고 마는. 그 운명을 지키기 위해 허물을 벗고 끝없이 다시 태어나는 몸. 그 고통이 그가 가진 유일한 진실이기 때문에. 그 슬픔이 가장 황홀한 아름다움이기 때문에. 뱀은 그것을 인간과 나누고자 했을 것이다. 신의 이야기를 인간의 이야기로 바꿔놓기 위해서 말이다. 인간을 신의 말씀으로부터 해방시키기 위해 말과 말 사이를 가진 시를 무기로 주었을 것이다. 드디어 신은 시의 포로가 되었을 것이다. 인간이 자신의 이야기 속에서 바닥을 기며 서로를 물 때만 그 모습을 보이게 되었을 것이다. 뱀은 세계에 흩어진 시의 문장들일 것이다. 물속을 지나가거나 풀숲에 숨겨진.

이 모든 이야기가 없다면 우리는 인간을 발견하지 못할 것이다. 인간의 운명이 무엇으로 이루어졌는지 알지 못할 것이다. 결국 이 모든 이야기는 시가 아닐 것이다. 어떤 이야기도 시와 일치하지 않는다. 이야기는 인간의 모습을 정확히 그려낼 수 없는, 그저 다르게 발음되는 호명 행위일 뿐이다. 우리는 반복된 엇갈림이 만드는 피로한 신비로부터 세계의 흔들림을 보아야 한다. 그 흔들림이 만든 균열 때문에 부득이 잃어버릴 수밖에 없었던 열쇠가 시의 어딘가에 떨어져 있다. 우리의 팔이 짧아 그 바닥에 닿지 않을 뿐이라고 믿어야 한다. 시는 그렇게 부정된다.

다른 이유는 없다. 자신이 믿고 있는 것이 다가 아닐지도 모른다는 실감을 포기하지 않는 것, 숨가쁘게 달리면서도 문득 뭔가를 놓친 것처럼 뒤를 돌아보는 것, 깨진 돌의 모서리에서도 인간의 언어를 발견하는 것이 인간이기 때문이다.

　그것은 몽환적 압력 아래 극단까지 달려갔다가 돌연 끼어든 부정문 하나로 흔적도 없이 사라져버리는 사랑과 닮았다. 그러나 모든 인간은 또한 그렇게 시작되었고 모든 인생은 또한 그렇게 끝난다.

15
장

자낙스

마음의 재난이 만든 폐허에
시의 구조대는
무엇을 타고 도착하는가?

1 /

모과를 보고 알았다. 지구는 '보자기'에 싸여 있다. 모과 껍질은 보자기의 주름이 내용물의 결을 따라 볼록볼록 당겨진 것 같고 마침내 꼭지에 이르러 오목한 매듭을 지어 꽉 짜매놓은 것 같다. 아주 단단하고 야물게 싸놓았지만 또 냄새까지는 다 쌀 수 없어서 방안 가득 모과를 풀어놓는 노란 보자기. 사과는 빨간 보자기에 싸여 있고 감은 주황 보자기에 싸여 있는데, 이 보자기들을 풀면 각자의 속이 향기와 함께 제 빛깔을 드러낸다.

나를 보자기 같은 피부로 싸고선 꽉 짜매놓은 배꼽. 가을은 지구의 배꼽 같은 것일지도 모른다.

2 /

하지만 보자기에 담기면 안 되는 것도 있다. 처음엔 보자기에 담겨도 괜찮은 것이었다가 나중엔 보자기에 담기면 안 되는 것으로 바뀌는 것도 있다. 물컹하게 물러져 껍질의 막을 잃고 마는 복숭아처럼. 흘러내리는 것들. 뺨의 길이를 재거나 창문 유리창의 표면이 가진 아주 미세한 협곡을 찾아 길을 내는 것들.

무엇이 복숭아를 짓무르게 만들까? 단단하게 태어난 것을 말랑하게 만들고, 말랑한 것을 축축한 것으로 만들고, 축축한 것을 흐르는 것으로 만들까? 뺨을 타고 흘러내리는 복숭아. 창문에 맺혀 있는 복숭아.

어떤 날씨는 몸속에서 시작된다. 뼈와 살을 녹이는 날씨가 있다. 정작 자기 몸속에서 일어나는 일들을 우리는 알 수 없다. 거기서 가을이 오고 비가 내리고 어떤 낙엽은 창문에 붙어 우리에게 작은 거울을 선사하겠지. 대기의 순환과 대나무 숲의 습도와 외진 방에서 혼자 말라가는 선인장의 길고 긴 가뭄, 가뭄 끝의 홍수. 바위를 수돗물로 만들고, 육지를 바다로 만들고, 텅 빈 허공을 비 내리는 강으로 만드는 날씨가 있다. 몸속에 장마와 폭설과 태풍과 해일과 지진이 있다.

3 /

불안은 과거에서 온다. 불안은 천천히 도달하는 과거가 아
니라 불시에 포착되는 과거이다. 그리고 현재에 의해 부양되
는 과거이다. 현재의 소매는 늘 젖어 있고 바짓단엔 그을음이
묻어 있다. 푸른 미래를 잘라와 과거에게 먹인다. 펄펄 끓는
솥 안에 여물로 쑨다. 이 약속되지 않은 재회가 반복되는 이유
는 과거를 가둘 수 없기 때문이다. 누군가에 의해서 혹은 자기
자신에 의해서 가로채지거나 부서지거나 더럽혀지기 때문이
다. 어떤 의복도 맞지 않는 알몸으로 흘러다니기 때문이다.
　그때 몸은 시체를 죽음까지 운반하는 긴 운하에 보태진 한
바가지의 구정물이다. 불안은 거꾸로 흘러가는 물이다. 죽음
은 과거로 떨어지는 폭포이다. 그러므로 우리 몸의 진정한 태
고는 죽음밖에 없다. 죽음에 의해 죽음에 선행하는 불행이 모
두 시작되는 것이다. 불안은 그 모든 일에 대한 필연적인 예감

이다. 결국 불안은 내 죽음이 오염될 것 같은 불길함이다.

4 /

　뒤돌아보면 죽는다. 동서고금 뒤돌아보는 자는 죽음에 처하는 벌을 받는다. 그러나 뒤돌아보지 않아도 결국 죽는다. 뒤돌아보지 않는 일은 뒤돌아보는 일을 아주 길게 늘어뜨려놓은 것이다. 뒤돌아본 자리에는 뒤돌아보지 않았을 때 보았던 것들이 하나로 뭉쳐 있다. 뒤돌아보지 않은 곳에는 뒤돌아본 자리에 남을 것들이 차례로 지나간다. 뒤돌아보지 않은 것이 지상전이라면 뒤돌아보는 일은 공습이다. 돌아보지 마라. 그것은 돌아보기 전에 겪었던 일들을 한꺼번에 살지 말라는 경고이다. 한꺼번에 자신을 겪지 말라는 선전포고이다.

5 /

어떤 계절의 볕 속에는 하얀 가루가 묻어 있다. 해석되지 않
는 이미지에 덮여 있는 미지의 내용물이 들어 있다. 울음이 해
석되지 않는 자연언어인 것처럼. 울음이 미지의 순간을 싸고
있는 것처럼.

그러나 울음으로부터 말을 건져내는 일은 늑대를 개로 만드
는 일 같다. 들소를 소로 만드는 일 같다.

(원숭이가 마시던 술을 인간이 가져오는 일이며, 곰이 먹던 벌
꿀을 인간이 가져오는 일이다.)

불안은 볕 속에서 떨어져나온 빛의 알갱이들이다. 핏속을
도는 바늘 같은 빛 알갱이. 불안은 밤 속에서 떨어져나온 어둠
의 보풀들이다. 눈망울 속에 휘감겨 있는 검은 핏줄. 그리고
어떤 마음속에는 상실의 해금들이 바닥에서 스멀거린다.

사발 안에서 돼지기름이 하얀 덩어리로 굳어가고 있다. 식으면서 서서히 껍질이 되고 있다. 보자기가 되고 있다.

얼음은 강이 시간 속으로 흘러가고 있다는 증거이다. 물에게도 피부가 있고 근육이 있고 기어이 뼈가 있다는 증거이다.

살아 있다는 증거이다.

굳어진 것들은 굳어지기 전에 떠났던 모든 길들을 자기 몸에 가둠으로써 자신의 기원에 도달한다.

7 /

후회는 가장 깊은 곳을 찢는다. 밤의 바닥인 어둠을 찢는다. 노트 위에 여러 번 그어진 연필 자국처럼 바닥을 찢는다. 발바닥이 몸의 바닥이라서 우리는 걷는다. 걷고 걷고 걷는다.

8

그림자를 깔고 누운 밤. 거리마다 그림자들이 어딘가를 떠돌고 있을지도 모른다는 생각. 주인 잃은 개처럼 먹어서는 안 될 것들을 핥고 있을지도 모른다는 생각.

내가 지우지 못한 내 그림자가 진창에 빠져 비를 맞고 물을 튀기며 누군가의 바짓가랑이에 묻어서는 알 수 없는 지하도에서 노숙의 밤을 보내고 있을까 봐 나는 잠들지 못한다.

나를 떠난 내 그림자가 차에 치이고 또 치이고 또 치여서 아스팔트에 잿빛 털을 날리며 바짝 말라가다가 어느 날 무심한 손에 들려 길가로 버려지고 말까봐 나는 잠들지 못한다.

내가 다 거둬오지 못한 내 그림자가 나 대신 누군가를 만나고 사랑을 하고 마침내 아이들을 거느리고 겨울 추위에 떨며 내 집 문 앞에서 초인종을 누를까봐 나는 잠들지 못한다.

(생각은 내 몸속에서 밤처럼 끓고 있다. 그것을 식히기 위해 알약으로 만든 선풍기, 생각의 응고제가 필요했다.)

보자기에 물건을 싸놓으면 보따리가 된다. 보자기가 보따리가 되면 많은 비유를 거느린다. '웃음보따리'는 재미있는 이야기를 많이 가지고 있는 사람이나 대상을 일컫는 말이고, '고생보따리'는 힘든 일이 많은 순간이나 사건을 가리킬 때 쓰는 말이다. 이쯤 되면 '보자기'는 존재의 비밀을 간직한 비유처럼 느껴지기도 한다. 풀어보기 전까지는 그 속에 무엇이 들어 있을지 모르는 것. 살갗을 보자기로 친다면, 얼굴은 보자기의 무늬이고 표정은 내용물이 만든 주름이겠지. 그 내용물은 무엇일까? 자주 짓물러 흘러내리는 것. 우리는 우리 몸속에 무엇이 들어 있는지 알 수 없다. 다만 우리를 싼 보자기가 그다지 튼튼하지만은 않다는 것 정도는 알 수 있다. 그렇지 않고서야 어느 날 잎잎이 떨어지는 가을 가로수 아래를 지나다가 아무 까닭도 없이 문득 가슴이 찢어지는 일 따위는 없었을 테니까.

날마다 다른 피켓을 들고 몸속을 점령하는 불안이라는 권리 당원을 위해 나는 무엇을 해야 하는지 잘 알고 있다. 어디에 떨어져야 하는지 알고 있는 비처럼. 밤이 내 몸속으로 떨어져내린다. 하얀 등을 켤 차례이다. 밤안개는 물속에서 조금씩 풀려나는 알약을 흉내내고 있다.

16장

삐삐 롱스타킹

아무도 듣지 않는 말을
소용없이 외칠 때,
시의 목소리는 어디에 가닿는가?

1 /

 생활은 끝나지 않는 이야기이다. 하나의 사랑이 끝나고 하나의 인생이 끝나고 때로 하나의 세계가 허물어져도 계속되는 이야기라면, 그것은 조금 무섭다. 그러나 우리는 무섭게 지속되는 시간을 매 순간 살아간다. 사랑을 보내고 누군가를 지우고 내가 가진 모든 세계의 의미와 결별한 순간에도 계속되는 그것. '일상'이라는 이름으로 말이다. 그러나 사랑을 잊고 누군가를 묻고 나의 세계가 끝장난 뒤에도 기어이 살아내야 하는 것이라면, 아니 가슴을 치며 쓰러진 누군가를 끝내 일으키는 것이라면, 하루하루 이어지는 일상은 그 자체로 숭고한 무엇일지도 모른다.

 그러나 정작, 일상을 숭고하게 만드는 것은 나의 전부를 태워버린 세계이자 만날 수 없는 사람이며 영원히 떠나가고 있는 무엇에 대한 끝없는 환기이자 질문. 도무지 납득되지 않는 일들을 납득하고 도무지 용서되지 않는 것을 용서하고 도무지 뿌리칠 수 없는 것을 뿌리치며 사람에게 운명적으로 도래하는 바로 그 질문일 것이다. 이처럼 일상을 가능하게 만드는 불가능성에 대해서라면, 나는 삐삐를 이야기해야 한다. 결론부터 대자면, 시에 인격을 부여한다면 그가 삐삐가 아닐까 생각하기 때문이다.

2

토미와 아니카는 삐삐의 친구다. 그들은 삐삐가 들려주는 먼 나라 이야기, 그러니까 이집트에서는 모두가 뒤로 걷는 다거나 콩고 사람들은 하루종일 거짓말만 하고 산다든가 하는, 도무지 믿을 수 없는 말들을 공유한다.

"여긴 자유로운 나라잖아. 자기가 걷고 싶은 대로 걸으면 안 된다는 법 있어?"

또는

"그래, 거짓말은 나빠. 하지만 난 가끔 그 사실을 까먹지 뭐 니."

라는 말에 흔쾌히 동의하면서 말이다.

그래서 삐삐가 "어쨌든 우린 친구가 될 수 있겠지?" 물으면,

그들은 "물론이야" 대답한다.

친구들은 '발견가'가 되어 들판에서 양철통을 주워서는 '과자

가 든 양철통'과 '과자가 안 든 양철통'을 상상하는 것만으로 '자신들의 세계'를 만든다.

그러나 '어른들'과 함께할 때도 자신들만의 세계가 그대로 통용되는 것은 아니다. 부인들의 다과회에 초대받았을 때, 삐삐의 언행은 그저 '예의 없는' 것으로 비쳐질 뿐이다. 물론 그와중에도 삐삐의 이야기는 어른들이 가진 규율적 세계를 무화시키는 역할을 한다. 예컨대, 누가 물건을 훔치는 가정부를 흉보면 오래전 자신의 할머니와 같이 살던 가정부 말린도 할머니의 피아노를 훔쳐서 옷장 속에 넣어두었다고 한다거나, 주인의 옷을 몰래 입는 가정부 이야기에 끼어들어서는 말린이 할머니의 분홍색 속옷을 좋아해서 할머니와 하루씩 번갈아 입었다고 말함으로써, 또는 가정부 말린은 아예 화요일을 그릇 깨뜨리는 날로 따로 정해놓았다고 말함으로써 삐삐는 어른들의 '결정된' 세계를 이상하게 구부려버린다.

어른들이 그것을 용납할 리 없다. 결국 쫓겨난 삐삐는, 그러나 현관 앞에 쪼그려 울면서도 멈추지 않고 자신의 이야기를 계속한다. 부인들이 귀가하는 도중에는 다시 그들 앞에 뛰어와, 말린이 떠난 뒤 할머니는 손수 그릇을 깨느라 손에 물집이 잡혔다고 말하고, 부인들이 멀리 사라진 뒤에도, 말린은 절대로 침대 밑은 쓸지 않았다고 악을 쓰며 외치는 것이다.

자신들만의 세계에서 온전하게 뛰어놀기만 했다면, 나는 삐삐를 이렇게까지 좋아하지 않았을 것이다. 자신들의 세계가 아닌 곳에 이르러서도 그 세계를 포기할 수 없어서 '울면서' 이야기하는 것, 이런 무모함엔 배제와 결별보다는 끝없는 응전이 도사리고 있어서 귀하다. 삶과 현실과 세계에 대한 응전 말이다. 자신들만의 세계에서 안주하지 않는 응전 말이다. 물론 그 응전을 요즘처럼 급속하고 가파른 일상에 그대로 적용할 수 있을 것이라고 생각하지는 않는다. 이 부조리하고 고착화된 세계를 향해서 누군가의 더 큰 희생과 노력이 필요하다 말하고 싶은 것도 아니다. 시가 바로 그러한 장르라고 말하고 싶은 것은 더더욱 아니다.

그 의지는 마지막 장면에서 슬프고 아름답게, 그리고 결정적으로 진의를 드러낸다.

삐삐의 놀이는 대체로 위험천만한데 그날도 삐삐는 토미,

아니카와 함께 권총을 쏘며 논다. 천장을 향해 쏜 총알이 유령의 다리를 맞혔을지도 모른다고 상상하면서. 그리고 토미와 아니카가 자신들을 데리러 온 아버지와 함께 집으로 돌아갈 때, 멀찌감치 서서 그 뒷모습을 바라보던 삐삐가 한 손에 총을 든 채 이렇게 외친다.

"난 커서 해적이 될 거야, 너희들은?"

바람 소리 때문에 그들은 삐삐의 말을 알아듣지 못한다.

3 /

토미와 아니카도 결국 어른이 될 것이고 삐삐는 자신만의 세계 속에 혼자 남겨질 것이다. 우리는 그것을 안다. 그러나 중요한 것은 이처럼 당연한 사실이 아닐지도 모른다. 어쩌면 '너희들은?'이라고 묻는 저 앙상한 질문, 삶과 사랑, 그 모든 것으로서의 세계에 대한 질문일지도 모른다. 바람 소리에 묻혀 소용없이 흩어지고 말 질문 말이다. 가끔 그 소용없음을 미리 구현하느라 덧없이 빛나는 표백의 미에 홀리기도 하지만, 나는 예정된 좌절 속에서도 포기할 수 없는 저 연대의 감각을 믿는다. 자신의 집에서 쏟아져나오는 빛을 조금씩 멀어지는 그들을 향해 열어놓는 것, 그 빛을 등진 채 서서 자신의 그림자를 마지막까지 그들의 걸음에 포개놓는 것 말이다.

나는 문학이 4차원의 장르라고 생각한다. 점으로 이루어진 1차원을 인식하려면 2차원이 필요하다. 각종 도형과 그림으로 채워진 2차원을 인식하려면 3차원이 필요하다. 2차원에서 2차원을 바라본다면, 즉 평면에서 평면을 바라본다면 각각의 형상은 길게 이어진 줄로만 인식될 것이기 때문이다.

우리가 3차원을 제대로 인식할 수 있는 것은 우리가 4차원의 존재이기 때문이다. 말하자면, 3차원을 통해서 우리가 인식하는 세계는 연속 필름에 지나지 않는다. 1초에 16장이 지나가면 애니메이션이 되고, 1초에 24장이 지나가면 영화가 되고, 1초에 200장이 지나가면 현실이 된다. 우리 눈이 읽어낼 수 있는 최대치가 1초에 200장이기 때문이다. 하지만, 우리는 그것 이상의 무언가가 현실 속에 있다는 것을 안다. 1초를 채운 더 많은 장면을 이야기하는 것도, 초능력과 초자연을 이야기하는 것도 아니다. 장면 뒤에 도사리고 있는 무수한 몸의, 마음의, 감정과 감각의 계기들 말이다. 헤아릴 수 없는 갈래로 번져 있어서 때로 그 근원도 마지막도 알 수 없는 세계의 심연 말이다.

5 /

　그러므로 우리는 인생을 알 수 없다. 그것은 듣지 않는 사람들을 향해 고함을 치는 순간 속에서만 잠시 제 얼굴을 보여주고 이내 사라져버린다. 지하철 유리에 비친 자신의 얼굴을 바라보고 있을 때처럼. 제 얼굴을 지하 통로의 긴 벽에 갈며 지나가는 시간처럼. 삐삐의 하루처럼.

우리 몸이 이 불가능한 세계를 관통하면서 느끼는 불편함이 미학의 동력이라면, 그 세계는 일상의 소소한 계기들 속에 때로는 아픈 바늘처럼 때로는 뜨거운 납물처럼 놓여 있을 것이다. 연인에게는 연인이 느끼는 개별자로서의 불가능성이 미적인 것이고, 가족에겐 그 구성원이 느끼는 개별자로서의 불편함이 미적인 것인 이유는 여기에 있다. 마찬가지로 소수자에겐 소수자가 느끼는 개별자로서의 불가능성이 미적인 것이고, 여성에게는 여성이 느끼는 개별자로서의 불편함이 미적인 것일 수 있다. 그 불가능과 불편의 거점으로서의 일상, 그것과 만날 때, 이 납작한 종이 위의 말들은 붉은 살로 꿈틀대며 새로운 세계로 일어날지도 모른다.

　그래서 우리의 이야기가 하나의 차원으로 정리되지 않고 서로 다른 차원들의 뒤엉킴으로 살아 있었으면 좋겠다. 이어지기보다는 구부러지고 구부러지다가 끊어지는가 하면, 어디선가는 둥근 공으로 부풀어 튀어오르는 이야기. 끝내 하나로 정형화되거나 통합되지 않는 이야기. 그 일상의 순간들을 이야기 속으로 옮겨오기 위해 우리는 우리가 알고 있는 문학의 문지기들을 죽여야 한다. "나는 커서 해적이 될 거야!"라는 삐삐의 외침처럼 말이다. 그리고 잊지 말아야 한다. 가만한 일상을 향해 "너희들은?"이라고 묻는 그것. 바람이 소용없이 지워버리고 마는 그 질문을 말이다. 그 문지기들의 공동묘지를 통과하는 일 말이다.

17
장

허수경

세상의 모든 사랑이
시인의 몸속으로
침몰하는 순간은 언제인가?

1 /

　어느 여름날, 그는 바닥까지 끌리는 긴 우산을 한쪽 팔에 걸고서 뮌스터역 플랫폼에 서 있었다. 우리는 바빌론의 폐허에서 발굴한 '진흙개'의 기록이 남아 있을 연구실 창문을 함께 올려다보았고, 아픈 날 벗들의 이름을 앞혀놓고 혼자 밥을 먹었다는 중국 식당에서 식사를 했다. 택시를 타고 그의 집으로 향하며 토끼가 자주 출몰했다는 기숙사를 멀찌감치 지나치기도 했다. 마치 모든 이유가 그 이름을 모국어로 불러주기 위함이라는 듯, 마당에 심어놓은 고향의 꽃과 채소들 앞에 나를 세워놓았던 저녁. 그리고 어둠 속으로 퇴화해가는 존재를 이야기했던 밤. 아침엔 가는 길에 먹으라며 새벽부터 만 김밥이 식탁 위에 동그랗게 올려져 있었다. '늙은 산들의 마을'을 떠나올 때, 밀밭에서 한꺼번에 날아오르는 까마귀떼는 검은 물방울처럼 보이기도 했다.

2 /

 그가 마지막으로 묶은 시집을 꺼내 펼쳤을 때 「연필 한 자루」란 시가 나왔다. 제목 때문이었을까, 앞서 시집을 따라 읽는 동안은 눈여겨보지 않았던 시였는데, 이런 구절이 있었다.

   칼에 목을 내밀며 검은 중심을 숲에서 나오게 하고 싶었다
   짧아진다는 거, 목숨의 한순간을 내미는 거
   정치도 박애도 아니고 깨달음도 아니고
   다만 당신을 향해 나를 건다는 거

 다른 시편 어느 구절을 가져와도 그의 전부가 들어 있을 테지만, 직후에 처음 마주한 문장이 더 무겁게 밟히는 것은 어쩔 수 없는 일이다. 그래서 끄덕인다. "검은 중심을 숲에서 나오게" 하는 게 아니라면 시는 아무것도 아닐 것이다. "정치도 박

애도 깨달음도" 아니고 "다만 당신을 향해" 자신을 거는 것이 오직 시의 이유일 것이다. 그리고, 가로젓는다. 얼마나 많은 순간을 칼에 목을 내밀듯 목숨을 내밀며 지나왔기에 이렇게 서둘러 짧아졌을까.

"사랑을 배반하던 순간, 섬득섬득 위장으로 들어가던 찬물" 과 "늦여름의 만남, 그 상처의 얼굴을 닮아가면서 익는 오렌지" 를 차례차례 그리던 시는 이렇게 마무리된다.

점점 짧아지면서 떠나온 어머니를 생각했으나
영영 생각나지 않았다
우리는 단독자, 연필 한 자루였다
헤어질 사람들이 히말라야에서 발원한 물에서
영원한 목욕을 하는 것을 지켜보며
그것이 음악이라고 생각하는 한 자루였다.
당신이여, 그것뿐이었다.

위의 첫 문장에서 망각은, 물론 떠나온 자의 회한이자 흉터의 단단한 입술이 끝내 다물고 있는 아픔이겠지만, 그렇기에 또한 이 망각에는 마치 돌 속에 칼을 집어넣어 끊어낸 정맥 같은 데가 있다. (이 시는 '꿈꾸던 돌의 얼굴을 그렸다'로 시작된다.) 한동안 그 앞에 멈춘 채 붉게 쏟아지는 시간을 두 손으로 받아내야 한다. 그러나 여기에는 죽음(망각)만이 있는 것은 아니다. 그를 통해 우리는 그 돌이 살아 있었음을 영원히 기억할 수밖에 없기 때문이다.

그는 매번 이런 식이다. 너그럽게 "버림받은 마음으로 흐느끼던 날들이 지나가고" "겹겹한 산에/물 흐른다"고 썼으면서도, 끝내는 "그 안에 한 사람, 적막처럼 앉아/붉은 텔레비전을 본다"(「몽골리안 텐트」)고 말하며, 고요히 펼쳐놓은 고독의 이미지 속에 전부를 소용돌이치게 만든다. 그러니 그의 문장에서 열의를 지운 체념만을, 도모가 없는 회고만을 읽는 것은 잘못이다. 그는 슬픔을 끓는 솥처럼 휘저어 끝내 우리를 살아가게 만든다. 그에게 시란 항상 역설적으로만, 슬픔의 근원을 묻고 그 대답으로 삶을 불러오는 일이다. 이쯤에서 우리는 그의 첫 노래가 왜 "슬픔만한 거름이 어디 있으랴"였는지 알게 된다. 하릴없이 취해 혼자 찾는 대낮 공원이나 오랜 영혼의 문양에 전등을 들이대던 바빌론의 무덤 혹은 나중까지 배회했던 전쟁과 기아와 재난의 도시 어디서건, 그는 '절망 속의 갈망'이 '희망 속의 전망'보다 낮지만 세고 쓰리지만 깊다는 것을 줄곧 보여주었다. 단독자로서, 다른 무엇도 아닌 인류 자체의 감각과 마주하게 만듦으로써 말이다.

옮기지 못한 문장에 쓰인 대로 "마침내 필통도 그를 매장할 때쯤/ 이 세계 전체가 관이 되는 연필"은, 이제 시인의 운명처럼 읽힌다. 그의 그림은 영원히 끝나지 않는 이별이 '음악'으로 흐르는 세계 속에 놓여 있다.

돌이켜보면 그에게 음악은 단 하나, 마음은 없고 몸만 남은 사랑이었다. '헤어질 사람들의 영원한 목욕처럼' 끝나지 않는 슬픔으로 투명한 사랑. 오래전 산문에서 그는 "악기만 남고 주법은 소실되어버린 공후"에 대해 쓴 적 있다. "썩어 없어질 몸은 남고 썩지 않는다는 마음은 썩어버린 악기"처럼, 문서의 바깥에서 썩어버릴 "마음의 역사"를 위해 "언제나 몸이 아플 것이다"라고 말했다. 사라지려는, 그래서 있음과 없음을 주고받으며 표표히 떠다니는 '음악'은 그가 아픈 몸을 헤집어 꺼내려 했던 '마음'일 것이다. "히말라야에서 발원한 물"을 두 손을 모아 온몸에 끼얹는 일처럼, 그 마음의 시작과 끝이 영원하지 않았다면 우리는 사랑을 몰랐을 것이다. 그래서 다시 옮긴다.

당신이여, 그것뿐이다.

우리는 종종 사랑하는 모든 것을 남겨두고 멀리 떠나버린 이들에 대해 이야기하곤 한다. 저곳으로 '떠날 수밖에 없음'을 생각하는 일은, 이곳으로 '돌아올 수 없음'에 대해 생각하는 일만큼 아프다. 왜 그럴까. 그들은 그저 떠나기만 한 것이 아니다. 그들의 이야기는 대개 이곳의 삶이 자신의 사랑을 지옥으로 바꾸기 전에 스스로를 그리움의 편으로 돌려놓은 것이기 때문이다. 비록 그리움 속일지라도 사랑이 그대로 타오르고 있다면, 그들은 '저곳에서의 고독'을 통해 '이곳에서의 사랑'을 온전히 지켜낸 것이다. 그럼에도 불구하고 '고독'이나 '그리움' 따위의 말로 그들이 치른 시간을 쉽사리 설명할 수 없다는 것을 잘 알고 있다. 어떤 순간들은 살아내는 것 외에는 어떤 말로도 온전히 옮겨지지 않으니까. 그들은 끝내 시인으로 살 수밖에 없었을 것이다.

그가 사는 곳은 '늙은 산들의 마을'이라는 이름을 가진 뮌스터 외곽이었다. 뒤뜰에는 고국의 화초들이 자라고 있었다. 그는 나를 이끌어 화초들 이름을 하나하나 말해주었지만, 나는 높은 하늘과 소담한 뜰과 조곤한 그의 언행을 눈에 담느라 정작 화초들 이름이 무엇이었는지 기억하지 못한다. 어둑발이 내리는 뜰에 의자를 펴고 와인을 마시다가 어두워지면 촛불을 켜고 다시 새 와인을 땄다. 역사와 정치를 말하던 그의 남편 르네가 일찍 잠자리에 들고도 우리는 한참을 사물이 견디는 시간과 우리 이전의 숙주인 어둠에 대해 이야기했다. 어느 숨을 빌려 나지막이 물었다. 돌아오고 싶지 않으냐고. 그가 돌아온다면, 공항에 나간 나는 또 포옹은 못하고 직접 캐리어를 끌겠다는 그와 촌스럽게 실랑이를 벌였을 것이다. 한쪽 팔에 건 장우산은 길고 그의 키는 작아서 자주 바닥에 끌렸던 산책길을 떠올려 접는 우산 하나를 선물로 준비했을 것이다. 대답 대신 그는 이국의 어둠에 눈을 맞춘 채 천천히 고개를 저었다. 유목민의 낡은 천막을 두드리던 비가 간간이 떨어졌다. 짧은 침묵 속에서, 나는 '길모퉁이 중국 식당'에서 친구들의 이름을 읊조

리며 혼자 밥을 먹는 그의 얼굴을 보았다. 그곳의 고독으로 이곳의 사랑을 지키는 얼굴. 그는 끝내 돌아오지 않았다. 아니, 그는 그곳에 남아서 또 한번 우리를 떠났다. 언젠가 나는 그와의 약속대로 '늙은 산들의 마을'을 다시 찾을 것이다. 다만 다음날 아침, 이제 누구도 내게 돌아가는 기차에서 먹으라며 스페인산 시금치와 네덜란드산 당근과 독일산 햄을 썰어넣은 김밥을 싸주지는 않을 것이다.

3 /

 그를 이야기하는 일은 마음을 이야기하는 일이다. 일어나지
않았기에 우리로부터 영원히 사라지고 우리가 영원히 상실하
고 만 순간들이라고 해도 좋을 만한, 어쩌면 영원히 해결되지
않는 사건으로서의 마음에 관한 이야기 말이다.

우리가 시인을 만난 일은 그리 많지 않았다. 시인이 한국 문학장에서 활동한 기간은 5년 남짓, 나는 20여 년 전부터 시를 쓰기 시작했고, 시인은 30여 년 전 독일로 떠났다. 우리는 그의 시를 읽으며 그를 떠올리거나 간혹 시집 뒤에 붙는 해설이나 짧은 추천사를 부탁하기 위해 메일을 쓰곤 했을 뿐이다. 그러니까, 그를 직접 본 것은 많으면 서너 번. 시인이 한국에 오거나 우리가 독일에 갈 때뿐인데, 우리가 독일에 가는 일은 시인이 한국에 오는 일만큼이나 드물어서, 기껏 서너 번. 정말 우리는 사소한 순간들을 나눠가지지 못했다. 닭갈비에 소주를 한잔씩 걸치고는 식당 앞치마를 그대로 두르고 집으로 돌아갔다거나, 그도 모자라 전화통을 붙들고 별 시답잖은 이유로 누군가를 실컷 욕하다 앞뒤 없이 울고마는 시간 같은 것. 우리는 그렇게 사소하고 또 사소해서 소중한 시간을 잠시 유예하고 있을 뿐이라고 여겨왔다.

만일 그 유예가 지금도 유효하다면, 시인이 자신의 산문집
에서

들판에서 토끼들이 새끼를 낳고 있다
다가올 겨울을 어떻게 보내려고
가을 문턱에 새끼를 낳는단 말인가

라고 써놓았어도,

그 작은 새끼 토끼가 제 잿빛을 빛내며 서글프고 쓸쓸하게
어미가 되어 다시 새끼를 낳는 순간을 우리는 멀리서나마 함
께 지킬 수 있었을 것이다. 그렇다면, 이 설명할 수 없는 그리
움의 이유는, 더는 멀리서나마 우리가 함께 그 순간을 지킬 수
없기 때문일까? 시인이 남긴 글과 시들을 붙들고 언젠가 시인
을 지나간 혹독한 겨울을 떠올리기 위해서일까? 미안하지만,
나는 그렇게 생각하지 않는다. 저 새끼 토끼들은 끝내 겨울을
나지 못할 것이기 때문이다. 봄의 들판을 뛰어다니지 못할 것
이기 때문이다. 겨울의 복판에서 싸늘하게 제 생을 마감했을

것이라고 짐작해서가 아니다.

아마도 저 새끼 토끼들은 계속되는 가을 속에서 오지 않는 겨울을 영원히 걱정하고 있을 것이기 때문이다. 아직 가장 혹독한 겨울은 우리 앞에 당도하지 않았다. 그리고 영원히 우리 앞에 당도하지 않을 것이다. 다만 그것은 영원히 우리 앞에 놓여 있을 것이다. 우리는 영원한 가을 속에서 축축한 숲에 들어 겨울 땔감을 준비하고 멀찌감치 서서 새끼를 낳는 토끼를 바라볼 것이다.

나는 허수경 유고집에 실린 글들을 시인이 살았던 도시와 같은 시간을 가진 도시에서 밤새 읽었다. 따지고 보면 그 도시의 밤은 또 이곳의 낮이어서, 우리의 시간은 끝없이 서로를 엇갈림의 운명 속에 세워두었는지도 모르겠다. 그래서, 남겨진 글들이 처음엔 끈 떨어진 연 같다가 바람에 휩쓸리는 빈 봉지 같다가, 보이지 않는 먼 하늘을 나는 새에게서 툭 떨어진 흰 깃털 같다가, 또 어느 순간엔 그저 시인의 혼잣말 같다가 다시 우리에게 건네는 귓속말 같다가, 끝내 땔감을 거머쥔 손으로 막 태어난 토끼를 바라보는 눈빛이라는 것을 깨달았을 때,

마치 서로가 진 배낭을 자기 배낭이라고 우기는 것처럼, 엉뚱한 글과 말에 이끌려 인생을 탕진하고 저 외로운 것만 챙기던 불우한 한 인간으로 서서, 아니 누군가가 도둑맞은 배낭을 짊어진 인생들처럼 우리는 비로소 우리의 일상을 말할 수 있을지도 모른다.

5 /

　마음의 회로들. 나는 이 방안에서 사라질 수 있다. 아니, 어느 순간 사라질 것이다. 사라짐의 전후는, 있고 없음의 차이에 의해서만 가능하다. 시간도 마찬가지이다. 시간은 선형적으로 모습을 드러내지 않는다. 다만 이전과 이후의 차이에 의해서만 자신을 드러낼 뿐. 그 어느 지점에서 나는 있다가 없는 것이다. 방문을 열고 나갔을 때, 산화하여 환풍구 속으로 빨려들었을 때, 또한 모든 빛이 사라져 어둠 속에 잠길 때나 벽과 지붕이 허물어져 안과 밖의 경계가 사라졌을 때도, 나는 이 방안에서 사라질 수 있다. 사라짐은 존재했던 부재의 형식이지만, 존재의 확장과 축소가 역설적 부재를 만들 수도 있다. 시간을 감당하는 부재의 형식은, 시간과 무관한 무無의 형식과는 다르다. 그러므로 사라짐이 만든 심연은 수많은 회로 속을 회전한다.

마음의 회전들. 나는 이 방안에서 사라질 수 있다. 아니, 어느 순간 사라질 것이다. 그러나 그것은 물리적인 이동이나 비가시적인 현상에 한정되지 않는다. 나는 이 방안에 머문 채 사라질 수도 있다. 내 얼굴에 켜지는 가로등을 따라 내 몸속 어딘가로 뻗은 길을 걸어서 말이다. 그 길은 나비 날개의 안개 속으로 펼쳐진 길이고, 문득 매캐하여 자욱하게 글썽이는 눈물의 길이다. 나의 기억 속의 당신과 쥐의 기억 속의 당신이 불우한 신화를 아프게 나눠가지는 길이면서, 때때로 이국의 호텔에서 부는 휘파람처럼 우울함을 되뇌는 길이다. 운명이 안내하는 적막한 고독은 마음속에 그 길의 풍경을 그려줄 것이다.

(빈 바람처럼 쏠리던 마음이 어느새 다다라 문을 두드리면, '왔어!' 하고는 대수롭지 않은 듯 문을 열어주는 시. 아무것도 묻지 않고 제 몫의 술잔을 비우는 시. 어떤 시는 외진 사원의 오랜 예배 같은 시간을 품고 있다.)

키 큰 참나무들이 빽빽하게 서 있는 뮌스터 외곽의 한 오래
된 숲이었다. 간간이 노란 잎들이 햇살에 뿌린 것처럼 한 움큼
씩 반짝이며 떨어져내렸다. 검은 옷을 입은 사람들이 들어왔
다가 꽃과 함께 한 사람을 남겨놓고 나오는 숲이었다. 나무가
사람의 이름을 가져가는 숲이었다. 2018년 10월 27일, 발트프
리덴 호르스트마르알스트 35번지. 작고한 지 24일 만의 장례
식이었다. 일일이 인사라도 나누듯 독일 북서부의 매서운 바
람이 오륙십 명의 머리카락을 차례로 쓸어주고 있었다. 어떤
사람들은 가족으로, 어떤 사람들은 이웃으로, 어떤 사람들은
시인으로, 허수경을 기억하며 그 자리에 서 있었다. 한줌, 시
인이 잠든 희고 작은 항아리 앞에서 한 이웃이 긴 추도사를 했
다. 꼬깃꼬깃 적어온 사연을 읽으며 어떤 대목에선 슬픈 얼굴
로 웃어보였다. 슬픈 얼굴로 웃을 수 있어서, 아름다웠다. 오

랜 시간 시인이 독일어로 나누었던 수많은 인사 뒤에 슬프게 웃는 얼굴이 서 있을 것만 같았다.

파란 점퍼를 입은 아이가 해맑은 표정으로 뛰어나와 추도사 중인 아빠의 코트 자락을 잡아당겼다. 열 살 갓 넘었을까. 조금 불편한 몸으로 태어난 아이를 슬픈 얼굴의 사람들이 한 사람처럼 웃으며 쳐다보았다. 한국에서 온 옛 친구가 편지를 읽는 동안에도 후배 시인이 시를 읽는 동안에도 가을 숲속에 날아온 봄 나비처럼, 아니 흑백의 풍경 속에서 파란빛을 발하는 아이는 인가의 저녁을 달래러 온 반딧불이 같았다. 아이 몸에 꼭 맞는 파란 점퍼는 남편 르네가 시인에게 선물한 옷인데, 작은 체구의 시인이 떠나기 며칠 전 아이에게 물려주었다고 했다. 322번 참나무 작은 구덩이에 꽃을 던지고 돌아나오는 행렬 끝에서 아이는 자신이 (옷이 아니라) 수경을 입고 있다고 말하며 내게 악수를 청했다. 그 순간, 나는 시인의 가장 해맑은 한때와 악수했다. 그리고 표지에 시인의 스무 살 적 얼굴이 박힌 시집을 아이에게 건네며, 서툰 외국어로 다음에 꼭 다시 보자고 말했다.

부

록

N의 인터뷰

문학의 목표는 언제나 삶

"글쎄요. 실험적인 작품이라…… 솔직히 어렵더군요. 그런데 '어렵다'고 하면 '모른다'는 것으로 받아들이죠."

N의 첫 대답이 겸손함 때문인지 세태를 비꼬는 것인지 알 수 없었다. I는 조심스럽게 물었다.

"언젠가 문학은 세계의 '제약' 때문에 태어났다고 한 적이 있죠?"

강연이나 다른 인터뷰였을 것이다.

"상식입니다만, 우리가 그 속에 사는 이상 '세계'의 시공간은 본질적으로 우리를 억압하죠. 그 억압이 구조화된 것이 현실이겠고…… 현실에서 모든 것이 가능하다면, 우리가 불가능을 꿈꿀 이유가 없습니다. 그게 다는 아니겠지만, 한계를 포함한 그 제약이 문학의 존재 이유 중 하나가 아닐까요?"

N은 이제 그만 이 고리타분한 이야기를 멈추고 싶다는 듯

질문을 I에게 되돌려주었다.

"그러니까 그 '제약'에서 벗어나고자 하는 실험은 그것 자체로 충분한 가치가 있는 게 아닐까요?"

조금 집요하다고 느꼈을까? 물러나지 않는 I의 질문에 N은 자신만의 평온한 저녁은 물건너갔다는 듯 의자 깊숙이 몸을 젖혔다.

"그게 '실패'라는 말이 유행한 이유겠죠? 여기에도 좀 문제가 있었어요. 실패를 문학의 목적으로 인식함으로써 불러온 문제들이죠. 실험도 마찬가지입니다. 실험 자체가 지상 과제인 것처럼 인식되는 것 말이에요. 왜 문학적 실험이 필요한가라는, 기본적인 물음을 놓친…… 현실과 무관해지는 것이 문학의 전부라면, 문학이 되려 현실을 억압할 수도 있습니다. 물론 무관함을 통해 현실을 거부하는 방법 자체를 불신한다는 뜻은 아닙니다. 불가능 자체를 옹호하면서 현실 연관성, 곧 가능성의 고리를 끊어버렸을 때 일어나는 낭패라고 할까요? 여담입니다만, 실험을 위해서 무한한 자유만이 필요한 것도 아닙니다. 실험을 위해서 오히려 자신을 더 많은 제약 속으로 몰아넣는 사람들도 있죠."

I 역시 1960년대 프랑스에서 '울리포Ouvroir de Littérature Poten-
tielle'라고 불렸던 '잠재문학 작업실'이 문학의 잠재성을 확인
하기 위해 글쓰기에 더 많은 제약을 가하는 실험을 했다는 것
을 들은 바 있다. 조르주 페렉, 레몽 크노, 이탈로 칼비노, 마르
셀 뒤샹을 비롯해 문학과 수학자로 구성된 이들은, 수학을 문
학에 도입하거나 알파벳의 순서대로 쓰거나 특정 모음만 쓰는
등 일상적 기능에 속박되어 있던 문자를 제약을 통해 해방시
키려 했다.

'어떻게'와 '무엇을' 혹은 '왜'

 N은 구부정하게 일어나 회색 옷장에서 얇은 담요를 꺼내 I에게 건네고 자신은 의자에 걸쳐놓은 담요를 무릎 위에 가지런히 펼쳤다.

 "실험이라는 개념은 본래 자연과학 영역에 속한 것이었죠. '실험 문학'이나 아방가르드 문학이란 말이 생겨난 것은 자연주의 시대를 거치면서였고, 20세기에는 실험성이 문학의 고유한 의미로 받아들여지기 시작했습니다. 구조주의에서 시작된 문학비평과 철학의 결합이 큰 역할을 했어요. 이론적 지원이 있었던 건데, 그게 지나쳐 문학비평이 이론 경합의 장처럼 보일 때도 있죠. 이론에 작품을 끼워맞추는…… 그래서 난해할수록 실험적이라고 오해되기도 했어요."

 이 때문에 문학은 어렵다는 생각을 심어주기도 했지만 문학이 그저 흥미를 주는 오락물이라는 생각으로부터 멀어진 것도 사실. 이렇게 실험성은 특권적인 미학적 가치로 정립되었지만, 그 외의 가치들을 부정하는 편향된 방식을 고수하기도 하였다.

I는 "누구?"라고 짧게 운을 띄웠다.

"언뜻 브르통과 들뢰즈가 떠오릅니다. 브르통이 사실주의를 두고 어떤 것으로도 요약할 수 없는 인간 정신의 복잡성과 자유를 단순한 조합으로 축소, 환원하는 일이라며 경계했던 것과, 들뢰즈가 이전에는 보지 못했던 기이한 힘을 이미 잘 알고 있는 힘으로 포섭하고 물질적인 감응을 인간적인 감정으로 귀결시키는 것을 경계했던 것은 공히 실험적 글쓰기의 필요성을 역설한 것이라 볼 수 있죠."

브르통은 초현실주의적 입장에서 자유연상을, 들뢰즈는 징후적 글쓰기를 문학적 실험의 방법으로 제시했다. 의미보다는 '이미지'와 감정보다는 '감응'을 통해 이전과는 다른 글쓰기를 역설했던 것이다. N은 그들의 방법론에 대해서는 별다른 토를 달지 않았다.

"사람들이 그들의 주장에서 '어떻게'에 해당하는 방법론은 적극적으로 받아들였지만, '왜' 또는 '무엇을'이라는 질문에는 상대적으로 무관심했던 게 아닐까 합니다. 자유연상의 상투적인 반복을 비판했던 사람이 다름 아닌 브르통이었다는 사실을 간과해선 안 됩니다. 들뢰즈 또한 줄곧 문학은 미학의 문제가 아니라 삶의 문제라고 말했죠. 그들은 삶을 해방시키기 위한 방편으로서 문학과 실험을 이야기했어요."

실험에 경도된 나머지 문학의 본질을 잃어버린 게 아니냐는 비판은 그동안 적잖이 제기되었다. 오히려 숙고해야 할 것은 어떤 실험이 유효하게 현실로 귀환하며, 어떤 실험이 상투적 공허함을 답습하는가에 대한 세밀한 구분 아니겠는가? I는 이렇게 물을 수밖에 없었다.

"결국 실험의 성공 여부는 해석의 문제 아닐까요? 똑같이 작품을 읽는다고 해도 어떤 사람은 아무것도 찾지 못하고 어떤 사람은 굉장한 걸 발견하기도 하죠. 문학적 평가가 엇갈리는 건 당연하니까, 그 개인차를 인정해야 하는 것은 아닌지……"

I는 말끝을 흐릴 수밖에 없었다. 브르통이나 들뢰즈가 실험을 역설하면서도 글쓰기를 개인의 독창적 산물이라기보다는 대안적 삶의 부분으로 보았다는 것을 I도 알고 있었다. 삶이 개인적인 것이 아니므로 글쓰기 역시 삶을 개인적인 역능으로

몰아갈 수 없다. 글쓰기는 비개인적이며 추상적인 집단의 행위이자 그 집단을 창조하는 행위인 것이다.

문학의 사회적 기능과 자율성

어느새 방안에 어둠이 쌓이기 시작했다. N은 스탠드를 켰다. 알전구가 그대로 노출되어 있는 등이었다. N이 자신을 답답하다고 여기는 건 아닐까? I는 슬몃 걱정되었다.

"가장 문학적인 시간이 밤이라고 말한 H 선생의 말은 매일 이렇게 증명됩니다. 밤은 현실 속에 있는 비현실이죠. 얼마 전 H 선생이 문단 내 성폭력에 대해 쓴 칼럼을 읽었어요. 여러모로 존경스러운 분이지만 문학의 윤리에 대해 짧게 쓴 부분에선 과연 그것으로 족한 것일까? 궁금증이 생기더군요."

I도 그 글을 읽었다. 무슨 알리바이를 대더라도 비껴갈 수 없는 문제였지만, 복잡한 내면의 회로를 거치지 않고는 말할 수 없었다. 모두가 깊은 회한을 느꼈을 것이다.

"문학과 윤리라면 오륙 년 전 '시와 정치 논쟁'에서부터 줄곧 제기되었죠."

"기억합니다. 그 논쟁에서 인상적이었던 것은 문학의 정치성과 윤리를 '자율성'의 범주 내에서 이야기한다는 거였지요. 이해되는 바입니다. 자율성은 여전히 문학의 규율과도 같으니까."

I도 실험성을 말하면서 자율성을 피해갈 수 없을 거라고 생각했다. 자율성이라는 토대가 없었다면 실험성에 대한 옹호는 한계에 부딪칠 수밖에 없으니까.

보통 문학의 자율성은 문학이 그 자체로 자기 결정적이며 자족적인 세계를 구축하고 있으며 따라서 문학을 작품 자체의 구조 속에서 생산하고 소비해야 한다는 논리를 일컫는다. 대개 문학이 사회학적 텍스트로 읽히는 것을 경계하며 문학과 현실에 대해 분리주의적 입장을 취한다. 나아가 객관적 진리가 허구이고 진실이 자의적이라는 전제하에 자아의 최대화와 상상력의 확장을 통해 문학의 코기토를 완성한다. 이러한 논리는 난해한 텍스트와 예술지상주의 혹은 문학의 엘리트주의를 낳게 되었고, 모더니티의 보수적 성향을 드러내고 있다는 비판의 빌미가 되기도 했다.

"문학이 현실의 윤리와 무관해짐으로써 현실의 윤리에 질문을 가한다는 요지였죠. 그 말은 문학의 자율성에 사회적 기능을 부여하는 것이었습니다."

문학이 창조한 새로운 세계는 그 인식의 새로움을 통해 현실 세계를 해석하는 새로운 시선을 제공한다. 새로운 해석은 현실 변혁의 밑거름이 될 수 있다. I는 당연히 그렇게 믿고 있었다.

"그러나 문학이 그러한 역할을 한다는 것은, 결론을 전제한 연역적인 추론에 가깝습니다. 문학에서부터 출발해 현실에 접근하는 것이죠. 여기에 귀납적 방법을 적용하려면 난감해집니다. 현실에서부터 문학에 접근할 방법이 없으니까요. 그래서 지극히 자의적이고 결과론적인 추인에 불과한 논리라는 비판이 가능합니다."

문학의 효과를 계량화할 수 없듯 그 인과를 규명하는 것도 불가능하지 않을까? I는 N이 자연과학적 원리를 문학에 적용해 괴변을 늘어놓는 것은 아닌지 의심했다.

"가령, '시와 정치 논쟁'을 촉발시킨 J 시인의 문제의식은 '외국인 노동자들을 위해 유인물을 나눠줄 수는 있지만 그것을 쓰는 일은 망설여진다'는 것이었습니다. 명백히 '문학'과 '현실'

의 괴리에서 시작된 것이죠. 그런데 전개된 논의는 '문학의 역능'에 초점을 두었을 뿐, '현실의 변혁' 문제는 추수적인 차원에 머물렀습니다. 문학이 주체였고 현실이 객체였던 것이죠. 당시 랑시에르에게서 빌려온 '감각의 분배'에 관한 논의는 문학의 자율성에 사회적 기능을 덧입힘으로써 윤리적 알리바이를 제공하는 것이었는지도 모릅니다. 현실은 쭉 수동적인 대상으로 머물러 있었을 뿐이죠."

"어차피 문학을 논하는 자리였으니 그럴 수밖에 없지 않았을까요? 사회학적 접근과 문학적 접근은 다르니까요."

I가 말을 자르며 끼어들었지만 대수롭지 않다는 듯 N은 느긋하게 대꾸했다.

"그 말이 맞을 겁니다. 하지만 현실에 대한 문학적 고민을 향상시켰다기보다는 자율성에 대한 맹목적인 계기를 강화시킨 느낌이 드는 이유는 뭘까요? 그건 문학과 현실을 구체적 사례로서 연결하여 실체를 규명했다기보다는 추상적이고 개념적인 차원에서 그 연관성을 설명하는 데 많은 부분 치우쳐 있었기 때문이라는 생각이 듭니다."

문학의 개념은 시대가 결정한다

"기왕에 시를 이야기했으니 시로 풀어볼까요?

N은 결국 이런 이야기까지 하게 되었다는 듯 지긋이 눈을 감았다 떴다.

"우리는 실체에 도달할 수 없기 때문에 기표를 사용합니다. 기표화 과정을 통해 실체를 언어로 대체하지만, 그 사이에는 늘 기의가 놓여 있죠. 기표가 실체 부근에서 서성이는 동안, 기의는 주체가 되어 그것의 어두운 기원을 차단하고 실체를 개념에 종속시킵니다. 시 역시 실체에 접근할 수 없습니다. 그래서 기표를 사용합니다. 또한 실체를 해방시킬 수도 없습니다. 그래서 기표를 해방시킵니다. 요컨대 실체를 기의라는 규율적 주체로부터 구원한다는 점에서 시는 타자성을 본질로 삼습니다. 시를 두고 기표의 작용이라고 하는 이유는 시가 기의를 거부함으로써 의미를 생산하는, 바로 그 부조리와 모순으로 자신을 구성하기 때문일 겁니다. 그러니까, 문학의 자율성이 인식의 새로움을 통해 현실을 해방시킨다는 논리는 타당합니다."

"자율성의 존재 조건인 셈이죠?"

"물론입니다. 다만 그다음이 문제지요. 기표의 해방에 몰두한 나머지 급기야 기표가 실체와 무관해지는 경우. 즉 기의가 차지하고 있던 개념적이고 주체적인 입지를 기표가 가져감으로써 '기의 자체가 되는 기표'가 등장하는 것⋯⋯"

I는 잠시 골똘했다. 그것이 브르통이 말한 '경이'가 왜곡된 상태이거나 들뢰즈가 말한 탈주선의 운동성이 자신의 힘을 응고시켰을 때가 아닐까? 하지만 이런 생각의 증명까지는 너무 멀고 이론적인 논거라면 I로서는 그저 말장난처럼 느껴지기도 했다.

"그러나 자율성이 처한 위기는 다른 곳에 있습니다."

N은 부담스럽지 않을 만큼만 I를 향해 상체를 기울였다.

"정작 문제는, 이제 문학이 하나의 사물에 덧씌워진 개념을 뒤흔들기 전에, 그 개념을 대체하거나 다른 개념을 요구하는 사물들이 더 빠른 속도로 양산되고 있다는 겁니다. 현실도 마찬가지죠. 우리가 눈앞의 현실에 대해 질문하는 동안 그로부터 분화된 다른 현실이 등장해 있는 겁니다."

I는 머릿속이 복잡해졌다.

"우리가 스마트폰의 기능과 역할에 대해 비판적 시각을 통해 건설적인 대안을 제시하기 전에, 저 작은 사물은 전혀 다른 기능을 장착하고 애초의 문제로부터 멀리 달아나버립니다. 다른 신체가 되어버린 것이죠. 현실은 또 어떤가요? 포켓몬 열풍이 그랬던 것처럼 이제 가상은 문학 속에 있는 것이 아니라 현실 속에 있습니다."

이미 아는 이야기를 새롭게 듣는 경우도 있다. 나와 무관했던 이야기가 내 이야기가 될 때인데 딱 이 경우였다. I는 현실은 현실이고 문학은 문학이라고 생각했다. 고도화된 정보산업의 부작용은 그저 줄어든 독자층일 뿐이었다. 그런 유의 소외야 차라리 문학의 조건에 가까웠다.

타깃을 잃으면 자신을 쏘는 법

"그뿐만이 아닙니다. 지금 우리의 세계는 자신을 향한 부정적 인식마저도 성장의 동력으로 삼고 있으며, 심지어 자신들의 모순조차도 유효한 교환가치로 바꿔놓고 있습니다. 자본의 역사는 빈부격차의 심화 과정이었습니다. 그럼에도 열악한 임금 환경을 겨냥한 저렴한 편의점 도시락을 생산하는 것도 자본이며, 청년 주택난을 겨냥한 행복주택 시장을 건설하는 것도 자본입니다. 또한 세계로부터 자신을 분리하고자 하는 예술가의 고독조차도 상품으로 전시하죠."

그걸 모르는 사람은 없다. 다시 한번 I는 이렇게 물었다.

"그래서 문학이 세계의 시스템에 저항하는 것 아닐까요? 본질적인 차원에서 질문을 이어가는 것이죠. 인식의 전환을 통해서……"

"그럴 겁니다. 그러나 그 시스템의 실체를 단정할 수 있을까요? '신자유주의' 혹은 '글로벌자본주의'라는 개념은 창조주나 우주의 기운만큼이나 모호한 개념입니다. 들뢰즈식으로 말하자면 '신체'를 가지고 있지 않습니다. 오히려 아주 세밀한 영역에까지 자율신경을 가진 수많은 기관만이 꿈틀거리고 있다고 보아야 할 겁니다. 특히 그 운영체계의 동력이 개인의 욕망이라는 사실은 뻔하지만 놀랍고 또 위력적입니다. 모든 제약의 원인을 손쉽게 개인에게 돌려놓고 있으니…… 요컨대 자율성이 주장한 대로 문학이 인식적 충격을 가할 만한 고정된 실체 혹은 고체화된 인식이라는 건 이제 모호한 그림자로 남아 있을 뿐입니다. 그것이 세계가 근본적인 차원에서 회의되지 않는 이유이기도 할 겁니다."

시대 변화와 특징 분석은 익숙했다. 그러나 늘 문제는 적용과 전망이지 않겠는가. I는 저도 모르게 N의 말을 받아 중얼거렸다.

"세계는 근본적으로 회의되지 않는다?"

"최저임금이건 주택문제건, 노동과 청년과 여성의 문제를 두고 싸울 때에도 제도적 보완에 초점을 둘 뿐 제도 자체의 전복을 꿈꾸지 않으며 기실 전복을 꿈꿀 수도 없다는 겁니다. 전복해야 할 신체가 수많은 기관들 속으로 사라져버렸기 때문에…… 익숙하기에 놀랍지 않을 뿐, 이제 거부와 저항까지도 소비재로 관리되고 있다는 것을 인정해야 합니다. 즉 회의하는 자를 회의 대상에 포함시킬 수밖에 없고, 관례를 부정하는 것 자체가 관례일 수밖에 없습니다. 문학의 새로움 역시 새로움의 메커니즘 속에서 생산됩니다. 자본주의가 노동과 자본의 모순을 제 발전과 지속의 동력으로 삼아버렸듯이 말이죠."

뭔가 반박하고 싶었지만 I는 그보다는 무력감이 앞섰다.

"이러한 변화 속에서 문학의 자율성이 선택한 것은 자신의 이론적 사명이 끝났음을 시인하고 새로운 실천적 이론에 자리를 양보하는 것이 아니라, 스스로를 지키기 위해 문학을 실체와 분리시키고 문학적 게토에서 스스로 '주체 되기'를 자임한 게 아닐까 합니다. 즉 타자를 주체의 자리로 복원시킨다는 명목 아래 기실은 문학 이외의 모든 것을 타자화시켰던 건 아닐까?

N의 문제 제기처럼 문학의 모든 계기를 받치고 있는 '추상의 선'이 어떻게 왜곡되었는지를 살피는 작업이 필요할 것이다. I는 자신이 가졌던 문학관이 미학이라는 이름 아래 알게 모르

게 편향돼왔던 것은 아닌지 내심 두려웠다. 분열, 파편성, 해체, 탈중심을 21세기적인 것으로 기획하면서, 총체와 동일성, 주체, 의미, 중심, 재현의 문제는 구식의 것으로 치부해왔으니…… 첨단과 진보의 이름으로 도식성과 폐쇄성을 드러내는 습관은 도처에 있었다.

실험성은 방향을 가지지 않는다

I는 헷갈렸다. 새로운 아이템에 가상의 가치를 덧붙여 상품화하고, 취향의 차이를 내세워 공공성을 무력화한 채, 개인을 더 손쉬운 소비자로 대상화하는 신자유주의적 가치를 문학이 그대로 답습하고 있었던 것은 아닐까? 설령 그렇다손 치더라도 재현의 문학으로 되돌아갈 수는 없을 것이다. I는 처음의 질문으로 돌아왔다.

"그렇다면, 문학에서 실험성은 과연 무엇이어야 할까요?"

N은 알전구 속에서 파르르 떨고 있는 필라멘트를 보고 있었다.

"글쎄요, 실험성에 고유한 정의가 필요하진 않겠죠. 다만 그 시대에 필요한 실험이 있을 겁니다. 그래야 그다음의 삶이 가능하니까. 그런데, 마치 현실이 끝없이 실험당하고 있는 것 같진 않습니까? 가상이 현실 속으로 침범하고 환유가 현실의 법

칙이 된 때, 저 보이지 않는 힘이 삶뿐만 아니라 목숨까지도 손
쉽게 기획하는 상황에서, 문학의 실험은 무엇이어야 할까요? J
시인이 말했던 '삶이 실험되지 않는다면 문학은 실험되지 않는
다'는 명제는 어쩌면 그 순서를 바꾸면 더 유효할지도 모릅니
다. 삶이 실험되고 있다면, 문학은 삶이 되어야겠죠."

I는 블랑쇼의 말이 떠올랐다. 말할 수 없는 것이야말로 우리
가 진정 말해야 하는 것이라는…… 마찬가지로, 쓸 게 없는 현
실이야말로 우리가 진정 써야 할 것이 아닐까? 그러나 현실을
쓴다는 건 무엇일까? 거기엔 불가능의 지표를 상실한, 가능한
인간이 있고 축소된 삶이 있을 뿐이다. N은 I의 생각을 다 알겠
다는 듯 다시 말을 이었다.

"어쨌든 실험은 삶을 더 높은 차원으로 옮겨놓기 위한 것입
니다. 그것 외에 어떤 규칙도 있을 수 없겠죠. 실험이니까……
변형된 인간과 왜곡된 삶에게 진보는 제자리일 수도 있겠
고…… 다만 제가 가끔 생각하는 건, 한 개인이 맞닥뜨리는 매
순간은, 그 개인만의 특수한 역사와 거기 도착한 특수한 미래
가 충돌하는 때라는 겁니다. 그래서 그 순간을 장악하는 신체
와 감각, 곧 감응과 이미지는 어떤 무엇보다도 새로울 수밖에

없지 않을까? 적어도 문학의 새로움은 외부에서 기획되어 삶 속에 침범하는 게 아니라 삶의 유구한 순간 속에 끝없이 생성되는 것일 테니까……"

I도 알고 있다. 무언가를 상투적이라고 말할 땐, 그 대상이 상투적인지 그것을 읽는 논리가 상투적인지 따져야 할 때가 있다. 실험적이라고 말할 때도 마찬가지일 것이다.

"적어도 경험과 만나야 한다는 뜻인가요?"

N은 예의 그 손을 들어 다시 좌우로 저었다.

"잘 모르겠습니다. 그냥 투덜대는 것뿐입니다. 아이러니한 게 있다면, 세계가 복잡다단하게 변했기 때문에 새로운 문학 이론이 필요하다는 것은, 기실 전통적인 사실주의를 탄핵했던 논리이기도 하다는 겁니다. 그래서 모든 현재는 실험되고 있는 것이겠지요. 이론적 진보가 아니라 '삶'의 진보를 위해서 말입니다."

시
인
의

말

–

이 글들은 반 넘게 새로 썼고 반 모자라게 썼던 글들에서 가져왔다. 그냥 가져오지 않고 토막토막 잘라왔다. 정육점에서 부위별로 팔리는 어떤 육체처럼. 영혼이 없어서 영혼을 생각하게 하는 요리처럼. 각자 앞에 따로 놓인 접시처럼. 그러나 누군가에게 가서 다시 그의 온전한 몸이 되고 다시 그의 영혼이 되기를 바라는 게 욕심만은 아니기를. 무엇보다도 나는 내 몸과 마음의 부분들을 언어를 통해 온전히 연결할 수 없다는 것을 알고 있는 편이다.

–

매번 그렇지만 민정이 건네준 용기와 난다 가족들의 너그러움이 없었다면 이 책은 묶이지 않았을 것이다. 나의 다음 용기를 위해서라도 더는 아프지 말기를. 더 넓고 아름다운 날개로 따사로이 날기를. 더불어 나와 함께 시를 고민해주었던 조선대학교 학생들에게 남기는 고마움은 긴 안부를 위하여 남겨두는 게 좋겠다.

—

'글'이 아니라 '나'의 이유가 되어준 친구들이 있다. 많은 것을 잃었다고 생각했을 때 가장 귀한 것을 돌려준 친구들. 덕분에 나는 계속 쓰기로 했다. 부끄럽지 않아서가 아니라 부끄러움이 끝나지 않아서…… 그런 이유도 세상에는 있을 것이다. 부끄러움이 너무 커져서 더는 가릴 수 없을 때, 옷을 벗고 제 몸에 서툰 문신을 새기는 일처럼 말이다. 나를 거쳐간 일들의 긴 고백이 끝나고, 어쩌면 무기력하기 짝이 없는 반복된 내 일상의 자리를 정면으로 마주하는 일. 어쩌면 진짜 고백이 시작될 것이다.

—

모아놓고 보니, 내 마음이 이렇게 얕을 줄 몰랐다. 그나마 아이조차 찰방이며 건널 수 있을 테니 안심이다. 하지만 나는 오래 이 진창에 누워 있을 것이다. 마음의 진창 위에 몸의 진창을 포개볼 작정이다. 저녁이 와 새로 난 별이 두 개로 비치더라도, 그중 하나가 허상임을 금방 알아차리더라도, 내 잠을 위해 잠시 모른 척해주시길. 그리하여 나의 이유가 되어준 친구들과 같은 꿈을 꿀 수 있도록.

2023년 초여름

신용목